KB214176

킴스 패밀리 인 아메리카

Kim's Family in America

킴스 패밀리 인 아메리카

초판 1쇄 발행 2020년 3월 27일

글·그림	김지나
펴낸이	변선욱
펴낸곳	왕의서재
마케팅	변창욱
디자인	꿈지락

출판등록	2008년 7월 25일 제313-2008-120호
주소	경기도 고양시 일산서구 일현로 97-11 두산위브더제니스 107-1306
전화	02-3142-8004
팩스	02-3142-8011
이메일	latentman75@gmail.com
블로그	blog.naver.com/kinglib

ISBN   979·11·86615·48·5 03810

책값은 표지 뒤쪽에 있습니다.
파본은 구입하신 서점에서 교환해드립니다.

17년 차 **미국** 이민자 **가족의 생생** 다이어리

킴's
패밀리
인
Kim's Family in America
아메리카

지도 밖에서 발견한 가슴 벅찬 행복과 자유

김지나

왕의
서재

프롤로그

110v를 사용하는 곳인지도 모른 채 3년 만의 휴식기를 가지고자 남편과 두 아이의 손을 잡고 바캉스 떠나듯 갔던 미국의 메릴랜드에서 3년이 다섯 번이 반복돼 17년째 영원한 이방인으로 살고 있다.

5년 만에 미국인들도 놀러 오고 싶어 하는 싱글 하우스로 입성도 했고 지금은 그들의 꿈의 차 에스컬레이드도 타고 아이들은 명문 학교에 다니며 세월이 주는 성적표를 받았다.

어디나 사람 사는 곳은 같다. 어차피 사람들과 부대끼며 사는 삶이니 사랑과 슬픔이 존재한다. 내가 알고 있고 내가 생각하는 것만이 전부인 듯 살다가 다른 세상의 조금 다른 슬픔과 행복을 느끼며 익숙해지고 편안해지고 있다.

Kim's Family 이야기는 미국에 오고 싶어 하는 많은 사람에게 수박 겉핥기식 인터넷 정보보다는 실제 삶을 들여다볼 기회를 주고, 어리바리 몰라서 실수한 일들을 가감 없이 보여줌으로써 신세계를 향한 동경과 함께 쓰디쓴 좌절도 느끼게 할 터다. 한국과 다른 문화는 수많은 촌극을 빚었고, 독자들은 아마도 키득키득 웃거나 등 두드리며 위로를 건넬 것이다.

간단하지만 실생활에서는 한국과 교통법규가 달라 강남 베테랑 운전자가 4번 만에 합격한 기막힌 사연이나 명문 사립고등학교에 입학하는 절차라든가 피아노 무게로 집안에 옮기지 못하고 버려야 했던 일 등 문화적 차이나 언어의 장벽으로 억울함을 호소할 길 없어 힘겨웠던 고백이다.

이민을 통해 기회를 얻고 꿈을 이루고자 하는 젊은이들, 미국 명문대학에 관심이 많은 부모님 그리고 아이를 키우며 일과 삶의 균형을 끊임없이 고민하는 엄마들에게 재미없는 천국에서 재미나고 멋있게 사는 김 씨 가족 이야기를 공유하고 싶다.

　이 지면을 통해 미흡한 글을 응원해주시고 격려해준 사랑하는 우리 가족을 비롯한 미국의 지인들과 출판사, 글쟁이가 되게 만들어준 한국에 계신 가족과 지인들에게 무한한 사랑의 메시지를 전한다.

2020년 3월,
메릴랜드에서 김지나

차례

떠남 그리고 만남

흔들리는 신호등이
첫날을 알리다

좁다랗고 노란 나뭇잎 길이 이뻐 싱글 하우스를 잠시의 흔들림도 없이 계약해버린 노란 가을이었다. 이민 온 지 5년 만의 일이다. 빨간 대문의 아파트 렌트 생활을 2년 하고 꿈같은 내 집 타운 하우스 생활 3년, 그다음 절차인 싱글 하우스에 입성하기까지 미국에 이민 온 사람으로서 참으로 빠른 성장을 한 셈이다.

2003년, 그러니까 911이 터진 그 날로 꼭 이년 뒤에 이 땅을 밟았다. 그 전해의 미국 비자 절차는 지금의 트럼프 시대보단 낫다지만 나름대로 까다로운 시절의 까칠함이 있었다. 미국에서 사업하시는 분이 3년만 같이 일하자는 제의를 남편에게 했고, 남편은 대학교 때부터 외국 생활이 꿈이었던 터라 나와 아이들에게 3년만 살아보자며 설득하기 시작했다.

인테리어 일에 지쳐 쉼이 필요하기도 했고 외국 인테리어 디자인에 목말라 있었으며 무엇보다 평생이 아닌 3년이라는 정해진 기간이라 흔쾌히 승낙했지만, 큰아이는 초등학교에 막 입학해서 신나게 학교생활에 적응하던 때라 친구와 헤어져 다른 나라로 떠난다는 변화에 위협을 느껴서인지 가고 싶지 않아 했다.

메릴랜드주가 어느 구석에 붙어 있는지 미국 동부인지 서부인지 하물며 비행시간이 얼마나 걸리는지도 모르는 판이니 도대체 무얼 알고 있었을까?

그 유명한 백악관에서 1시간 거리에 있다는 것도, 하긴 메릴랜드주가 있다는 것도 처음 들어봤으니 무식하면 용감하다는 말이 정답이다. '일단 가보자. 3년 동안이지만 적응이 안 되면 그냥 오지 뭐!' 하는 심정으로 운영하는 사업도 집도 정리하지 않고 모두의 걱정과 안위를 뒤로하고 무작정 가보기로 남편과 합의를 보았다.

그렇게 두 아이의 손을 잡고 아는 것이 없으니 두려움도 없이 Dulles(Washing DC international Airport) 공항에 내렸다. 제주도 공항만 한 크기로 작고 초라했지만 실망하기엔 일렀다.

공항을 벗어나 1시간 정도 하이웨이를 달리고 동네로 들어 갔는데 사거리에 있는 신호등이 전선에 매달려 바람이 살랑거 리니 흔들흔들 아슬아슬 위태로워 보였고, 그 큰 사거리에 눈을 씻고 봐도 건널목도 없고 양쪽 거리엔 단 한 명의 보행자도 없으 니 시골이라 교통수단이 없어서인지 그저 의아할 뿐이었다.

산장 속에 아담한 주택이 줄지어 있는 형태로 아파트가 보이 고 엘리베이터는커녕 삐걱거리는 쇠 계단을 걸어 올라가 맨 꼭 대기 층인 4층 우리 집에 들어갔다.

일단 빨간 대문이 마음에 들지 않았다. 입구가 꽉 막힌 감옥 에 들어가는 기분이랄까? 아파트라면 으레 있어야 할 자동 버 튼 키는 언감생심, 열쇠를 돌려야만 열리는 대단히 낡고 오래된 동그란 문고리였고 현관문에 신경을 많이 쓰는 우리네와는 달 리 아무런 장식이나 문양 없는 볼품없는 '민자 문'이었다.

현관문은 그렇다 치고 실내에 들어서니 4층 맨 꼭대기 층이 라고 해서 천정이 다른 층보다 높아 밝을 거라는 예상마저 깨고 아주 작은 창문으로 그것도 얇고 좁다란 블라인드가 쳐져 있어서인지 어두컴컴한 동굴에 들어가는 것처럼 희미하고 무거운 회색빛만이 가득했다.

바닥은, 미국은 나무나 타일이 아닌 카펫이 깔려있다는 건 영화나 매스컴에서 들어 익히 알고 있는 터라 그런가 보다 했지만, 이런! 진한 회색이라 처음 볼 땐 몰랐지만, 너무 오래돼 색이 진해져 버렸다는 걸 옷장 문을 열어보고 알았다.

처음엔 연한 회색이었다니⋯ 화장실과 작은 주방만을 제외한 두 개의 방과 거실 모두가 그(?) 카펫이 깔려있으니 매일매일 난 미친 듯이 카펫과 씨름을 해야 했다. '하얘져라 하얘져라' 주문을 외우며.

그렇게 실망만 안고 첫 집과 대면을 했다. 천성이 미리 걱정하는 타입이 아니고 닥치면 앞이 보여 그제야 걱정하는 성격인지라 정신이 번쩍 난 건 아이들 비명을 듣고 나서부터였다.

아이들은 자기네 방을 구경하다 한 번도 실내에선 볼 수 없었던 커다란 벌레를 보고 기겁을 했다. 나무로 둘러싸여 있고 오래된 낡은 목조건물이다 보니 집안에 벌레들이 상주하는 건 어쩌면 당연한 일이었으리라. 로마에 가면 로마법을 따라야 하듯이 자연과 가까이 있는 이곳에선 자연과 벗을 해야 하는 게 맞다.

아침에 남편은 직장에 가버릴 테고 나는 영어 한마디 못하는 데다가 내 차도 없는데 이 두 아이와 어떻게 한담. 정신을 바짝 차려야 한다고 생각하고 돌아보니 가구나 소품이 단 한 개도 없을뿐더러 심지어 주방과 화장실에만 천장 등이 있고 거실이나 방들에는 등마저도 없었다.

내게 천장에 전등 없이 설계한다는 건 상상할 수 없는 일이고 만약 그런 일이 일어났다면 엄청난 실수를 저지른 디자이너가 될 것이다. '저녁이 되면 미국에 온 첫날 암흑 속에 갇혀버리겠구나'라는 생각에 당장 남편과 거리로 나섰다.

마트가 어디인지 가구점이 어디인지 알아보는 게 우선이었고 눈에 가장 먼저 보이는 가구점으로 들어갔다. 일단 침대는 있어야 잠을 잘 것이고 식탁이 있어야 밥을 먹을 게 아닌가? 그래도 직업상 디자인을 중요시하는 현실감 떨어지는 이민 초보자가 고른 가구는 제대로 된 푹신한 3인용 소파와 넓고 손잡이 없이 S자로 누울 수 있는 일인용 소파, 벤치가 함께 있어 모던하면서 실용성을 가미한 6인용 식탁, 아이들 2층 벙커 침대에 검은 스틸 헤드 보드가 있는 퀸 침대까지 둘 다 영어를 알아듣지는 못해도 원하는 말만 하고 당당하게 계약을 했다.

그 자리에서 우리가 가지고 온 달러 대부분을 가구에 할애하는 치명타를 날렸다. 한국에서 한 개에 오십만 원쯤 하는 앤틱 스탠드가 두 개에 삼십만 원쯤 하길래 득템 한 기분으로 스탠드 두 개를 더하고 마지막에 언제 운반해 줄 수 있느냐고 묻는데, 엥? 6~8주가 걸린다나 뭐라나…

나중에 살면서 알았지만, 가구점마다 세일 기간이 일정 부분 정해져 있어서 조금 기다렸어야 했고, 쿠폰을 사용해서 조금이라도 절약해야 했으며, 가구 운반은 픽업트럭을 시간제로 렌트해서 우리가 직접 날랐어야 했다. 정말 하루가 급했다면 전시장에 있는 가구를 협상으로 싸게 샀어야 했다.

미국 아파트라는 곳은 개인 소유가 아닌 렌트 하우스라 오래 정착하는 곳이 아니기에 잠깐 쓰다 버리거나 이동이 편리하고 저렴한 것들을 구매했어야 했는데 그땐 실용적인 개념이 부족했다.

모든 게 했어야 했다는 착오만 있던 철없는 시절을 남편과 아이들과 함께 꼬불꼬불한 길을 걸어야만 했다. 결국, 나는 스탠드 두 개를 양팔에 끼고 무거운 팔과 무거운 발로 천천히 삐걱거리는 쇠 계단을 올랐다.

그렇게 미국 온 첫날 식탁도 의자도 없는 주방 한편에서 빵과 우유로 허기를 달래며 그래도 뭐가 좋은지 아이들의 지저귐에 아직 떠오르지 않은 아침 해를 기다리고 있었다.

'하루가 길면 오늘처럼 길까? 인생이 길면 나의 세계가 바뀐 오늘처럼 길까? 34년의 인생이 한 번 더 돌아 68세가 된다면 나의 신세계에 인사할 수 있을까? 알 수는 없지만, 매우 궁금하다.'

타운 하우스 지붕을 얹다

빨간 대문에서 드디어 탈출이다. 향수병으로 몇 번 보따리를 싸다 풀기를 반복하다 미국에 도착한 지 1년 후쯤 큰아이가 결정타를 날려 주었다.

한국에서 초등학교 1학년을 마치고 왔지만, 미국과 학기제가 달라 1학년의 반 학기와 2학년의 반 학기를 다녀보니 나름대로 비교가 되었는지 '한국에 가고 싶지 않다'라는 선언을 피자를 먹다가 슬쩍 던졌다. 그때 아이에게 지울 수 없는 상처를 준 한국에서의 담임 선생님이 떠올랐다.

그 조막만 하고 야리야리한 아이가 툭하면 손바닥 체벌을 받고 울며 오는 날이 허다해 물어보니 엄마가 왜 학교 방문을 하지 않느냐며 야단을 쳤다(믿기 어렵지만)기에 참치 선물 박스에 두둑한 돈 봉투를 넣어가니 왜 이제야 왔냐는 듯 덥석 받아들었다.

그때 막 전교조 출범으로 제법 의식 있는 부모들은 돈 봉투(?)에 대한 폐해를 의식하지 않을 수 없어 나도 동참하고자 했던 참이다. 그 뒤로는 아이 손바닥이 빨개지는 일이 없었다.

암암리에 약정한 건 3년인데 짧게 살더라도 사람답게 살자는 발칙(?)한 생각으로 아파트 생활 1년 만에 아이의 선언을 빌미로 아파트 근처 타운 하우스를 무모하게 계약해 버렸다.

이것저것 재지 않는 성격 탓에 단 한 번에 계약하고 나니 향수병이 뭐였는지 기억나지 않을 만큼 감옥 같은 아파트의 답답함에서 새집의 설렘으로 가득했다.

일단 땅을 계약하고 1년 동안 내 땅에서 집 짓는 과정을 지켜보아야 했다. 다른 집들과 공동으로 지어 한 동(5~6집)이 모두 집 계약을 해야만 집을 짓기 시작하는 탓에 더 오래 걸렸다. 설레는 마음에 반비례해 얼마나 더딘 하루하루였는지 모른다.

한국은 한 회사가(타운 하우스는 잘 모르겠지만) 아파트 모델하우스를 근사하게 지어놓고 모델하우스 그대로 디자인과 분양가가 일률적으로 똑같지만, 여기는 땅을 먼저 각자에게 분양한 다음 기본적인 구조만 같고 모든 걸 개인 취향대로 선택할 수 있다. 맞춤형 타운 하우스라고 불린다.

집의 면적이나 자재비 차이로 집마다 금액이 달라지고 평당 분양가도 시세에 따라 달라진다. 급하게 계약한 이유도 하루하루 달라지는 분양가에 놀라서였다.

화장실 개수에서부터 거실이나 방의 크기며 내가 원하는 자재에 색깔까지 그야말로 나만의 주택을 만들 수 있었다. 특히, 한국의 베란다 확장 공사처럼 처음 지을 때 면적을 확장해 놓지 않으면 나중엔 돈이 배로 들기도 하고 매매할 때도 면적이 넓은 집이 수요가 많으므로 층마다 화장실도 넣어야 하고 확장할 수 있는 모든 것은 미리 확장하는 편이 좋다.

직업상 매번 하던 일이고 인테리어에 쓰이는 자재와 가격을 한국과 비교할 수 있는 계기도 되니 일거양득의 기회여서 거의 매일 공사현장을 방문했다. 말도 못 하는 조그만 동양 여자가 매일 드나드니 이상하다고 일하는 분들이 생각했겠지만, 하나하나 우리와 다른 방식으로 집을 지으니 내 눈엔 그저 신기하기만 했다.

맨 먼저 땅바닥에 정화조를 묻고 콘크리트 붓고 방수액 바르고 나무로 벽을 친 뒤 기둥을 세우고 1층으로 올라간다. 주방과 계단을 만들고 2층으로 올라가는데 지하 바닥만 빼면 벽이며 계단이며 집 전체가 나무만을 사용했다.

우리가 흔히 알고 있는 공간과 공간의 분리 벽을 벽돌로 쌓아 콘크리트로 마감하는 공정을 하지 않고 간이 벽을 만들듯 나무로 간단히 만드는데 허술하기 짝이 없어 보였다.

한국에서 일할 때 간이 창고를 그럴듯한 웨딩하우스 건물로 마감한 적이 있는데 우리나라의 바닥만 콘크리트고 나머지는 금방 허물 수 있는 그런 간이건물을 여기에선 일반적인 건축형태라 할 수 있다.

아무리 겉으로 근사한 대형주택도 나무 골조임이 틀림없다. 그러니 토네이도 같은 자연재해에 집이 바닥만 남기고 흔적 없이 사라지는 풍경을 티브이로 볼 수 있는 이유다. 여전히 아이러니하다. 왜 한국처럼 콘크리트로 마감하지 않고 나무만을 고집하는 걸까? 깊이 연구해 볼 참이다.

나무로만 집을 짓는 과정을 보노라니 비가 오면 나무가 썩지 않을까 바람이 불면 기둥이 쓰러져 골조가 무너지지는 않을까 염려스럽다.

느리다 싶게 매일 같은 자리만 맴돌던 어느 날 삼각형 모양의 성냥갑 같은 대형 모형이 눈앞의 하늘을 가렸다. 알고 보니 한 동 전체의 크고 기다란 것을 공장에서 만드는 건지 기성품이 있는 건지 몰라도 집채만 한 거대한 크레인으로 이미 만들어놓은 지붕을 아주 가볍게 붕 들어 올려 높다란 하늘을 단 하루만에 덮어버렸다. 드디어 집 골조가 세워졌다.

그때부터 '나의 일이 시작'되었다. 현관 입구에 들어서자마자 보이는 리빙룸 바닥은 중간 회색 조로 약간 비싸지만, 오염이 방지되고 청소도 용이한 털을 말아 올린 듯한 곱슬거리는 촘촘한 카펫을 깔고, 주방과 선룸 바닥은 5cm 간격으로 체리목을 조밀하게 깔았다.

주방의 캐비닛도 마루와 같은 체리 색으로 천장까지 32인치로 높게 올리고, 키친 카운터와 아일랜드 상판은 오염과 강도에 강한 검은색에 살짝 반짝이는 펄이 들어간 오닉스 대리석을 깔고, 아일랜드 크기는 최대한 넓고 길게 만들어서 우리 가족 모두가 한자리에서 기다랗게 앉을 수 있게 했다.

패밀리룸 밖으로는 덱(베란다)을 만들어 바비큐도 하고 아웃도어 가구도 놓을 수 있게 보통 타운 하우스의 덱보다 넓게 만들었다. 하지만 서향이 아쉬웠다. 해가 동에서 뜨니 현관이 동향인 것은 참으로 맘에 드는데 우리가 항상 머무는 패밀리룸과 덱이 서향이었다. 그러다 미국 사람들이 왜 그렇게 서향에 열광하는지는 나중에 알게 되었다.

저녁 식사를 하고 난 후 석양을 바라보며 차 한잔하는 기분은 낯선 타국에서 느끼는 서글프지만 풍요로움을 만끽하며 외로움을 달랠 공간으론 최고였다.

더군다나 아이들이 온종일 밖에 있어도 뜨겁지도 그렇다고 그늘만 지지도 않은 낮과 밤의 해와 달 놀이 공간이었다. 그렇게 1층은 현관에서 리빙룸, 주방, 패밀리룸, 베란다(덱)가 일직선으로 한눈에 들어와 크고 시원하게 뚫린 형태였다.

3개가 있는 2층 방들은 모두 아이보리색 카펫으로 1층보다 털이 길고 푹신하게 깔고 마스터 베드룸은 1층 선룸 바로 위에 있어서 자동으로 확장돼 러브체어를 놓을 수 있는 싱글 하우스처럼 넓어졌고 천장을 더 높이고 비스듬하게 깎아 시야를 확장하고 해가 많이 들어오게 했다. 화장실에는 자쿠지(월풀)와 싱크볼 두 개를 넣고 드레스룸도 걸어 다닐 수 있는 Work

Dressroom으로 최대한 넓혔다.

지하 베이스먼트는 바닥과 층계를 1층 거실과 같은 연회색 카펫으로 하고 게스트룸에는 큰 크기의 드레스룸을 추가로 만들고 화장실도 추가해서 욕조가 있는 Full Bathroom로 했다. 계단 밑에는 보일러실과 세탁실이 들어갈 수 있게 공간을 이용했다.

땅을 고르게 만들지 않고 생긴 모양으로 짓다 보니 정면에서는 1, 2층으로 보이지만 뒤쪽에서 보면 3층 집이다. 지하라지만 커다란 창문이 있어 해가 잘 들어오는 walk-out이 가능해서 아이들이 지하에서 놀다가 밖으로 나갈 수 있다. 특히 한국에서 여행 오는 장기 투숙자(?)를 위한 완벽한 호텔 역할도 해내는 고마운 공간이기도 했다.

그러자니 계약하고 집 짓는 공사까지 1년이 훌쩍 갔고 드디어 미국 입성 2년 만에 꿈같은 내 집이 완성됐다. 집이 완성되기 전까지 매일 저녁이면 온 가족이 가서 살펴보고 어떤 날은 아이들 학교 보내고 혼자 동네를 빙글빙글 돌아보기도 하며 하루에 만 두어 번 순찰할 때도 있었다.

누가 볼까 창피하기도 했지만, 매번 남의 집 인테리어 공사만 하다가 우리 가족이 살아야 하는 공간을 만든다 생각하니 더없이 행복했다.

새집에 대한 기대는 하루에도 열두 번 지었다 부셨다를 반복하는 참으로 마술 같은 시간이었기에 창피함은 뒷전이었다.

젊었기에 한국에서부터 이사 다닌 집들이 많아 평수를 늘릴 때마다 느낀 감흥이나 내가 일한 돈으로 처음 차를 샀던 뿌듯한 기분처럼 남의 땅에서 우리 돈으로 아무도 없이 말도 안 통하는 타국에서 모든 걸 직접 고르고 지었다는 사실이 벅찬 감동이었다.

키를 건네받는데 눈물이 핑 도는 건 앞으로 이 땅에서 살 수밖에 없겠다는 희미한 기류를 감지해서였을까? 아이들 웃음이 나의 발목을 잡을 거라는 불안함을 느껴서였을까? 그저 기쁘기만 한 날이었는데, 모든 게 이루기 전이 더 좋은 법이 아니겠는가? 다 이루면 별것 없는데도 말이다.

우리는 다른 이민자들에 비해 집을 빨리 마련한 셈이다. 어떤 이는 같은 아파트에서만 10년째 살기도 했는데, 집을 사려면 보통 개인이 다운 페이로 적어도 집값의 10~30%를 내고 나머지는 은행에서 대출받는다.

주급만으로 사는 사람들은 목돈 마련이 쉽지 않기도 하지만 개인 신용에 따라 이자율이 달라지는 등 대출이 까다롭고 만만치 않아 아파트 탈출은 쉽지 않다. 더군다나 매년 집값의 1% 정도는 재산세를 상납해야 하고 집 관리에 들어가는 부수적인 비용이 만만치 않아 집을 산다고 끝이 아니다.

다행히 우리는 둘 다 한국에서 직장생활을 10년씩 하고 온 터라 약간의 목돈으로 타운 하우스를 계약할 수 있었고 미국 입성 2년 후 아파트 탈출이 가능했다. 여기에서 유학생으로 만나 정착하게 된 부부나 목돈 없이 이민 온 가정은 직장을 다니며 생활해야 하기에 목돈 마련이 어려울 수밖에 없고 집을 마련하는 데 오랜 시일이 걸릴 수밖에 없다.

미국 사람들만 있는 아파트에 살다 보니 한국 사람이 그리워 현관문을 열면 바로 눈앞에 한국 사람이 보이면 얼마나 좋을지 상상했었다. 이사했는데 정말 길 건너 바로 앞집에서 그것도 나랑 나이가 비슷한 예쁘장한 여자가 정원에 물을 주고 있었다. 그 친구와 아침마다 커다란 커피잔을 들고 서로 길을 오가며 외로움을 주고받는 정겨운 이웃이 되었다.

바로 옆집에는 세 자녀를 둔 미국 사람들이 산다. 남자가 여자를 '피앙세'라고 소개했는데 처음엔 그 말이 무슨 뜻인지 몰랐다. 알고 보니 남자는 여자아이 한 명을 여자는 남자아이 둘을 데리고 재혼 전에 살아보는 과정이었다. 둘 다 이혼 경험이 두 번씩 있었고 이번이 세 번째 동거라나 뭐라나.

건물의 코너 집이기도 했지만, 사람들과 관계가 엄청 좋은 커플이라 매년 동네 파티를 오픈해서 몇몇 친한 집은 음식을 한 가지씩 해가서 나눠 먹었다.

미국 집답게 집 전체를 버건디 색으로 페인트칠했고 집 밖 정원은 동네에서도 구경 삼아 올 정도로 아름답게 손질해놓아 바로 옆집인 우리 집도 덩달아 깔끔하고 예뻐 보였다.

타운 하우스는 4~6집이 연결된 하나의 건물로 옆집을 잘 만나야 한다. 서로 이쁘게 화단을 가꾸고 계절에 따라 나무도 잘라주고 낙엽도 쓸어주어야 하는데 항상 문제 되는 게 있다. 바로 잔디관리를 누가 하느냐다.

봄부터 늦가을까지 매주 한 번씩 잔디를 깎아주고, 잔디 외에 잡초가 나지 않게 약초도 뿌려 줘야 한다. 한여름에는 매일 해 질 녘 아니면 동트기 전 이른 아침에 물을 줘야 하는데 옆집과 옆집이 연결된 데다가 잔디도 겹쳐있으니 이 많은 일을 똑같이 하기란 사실상 힘들다.

그렇다고 싱글 하우스처럼 넓기라도 하면 아예 정원사를 고용하든지 시간과 건강이 허락되면 기계를 구매해 운동 삼아 잔디관리를 하면 된다. 하지만 1~3평밖에 안 되는 타운 하우스 잔디를 깎자고 그렇게 커다란 기계를 사는 것도 무리거니와 보관을 위한 장소도 마땅치 않다.

다행히 우리 옆집은 그 커다란 잔디 깎는 기계가 있어서 하는 김에 우리 집 잔디도 깎아줘 여간 고맙지 않았다. 그 보답으로 그들에겐 처음 맛보는 한국 음식을 날라주었다. 3년 동안 우린 기계 없이 편안히 잔디관리를 받았다.

핼러윈에 우리 동네는 그야말로 빛을 발할 절호의 기회가 온다. 원체 타운이 큰 데다가 싱글 하우스와 타운 하우스가 적절히 배합돼 있고 단지 안에 초등학교가 있어서 어린아이 집들이 많아 누가 질세라 집집이 형형색색으로 핼러윈 장식을 한다.

어떤 집은 일단 스피커로 소리를 웅장하게 해서 으스스한 분위기를 고조시키고 싸이키 조명으로 해골이나 무서운 캐릭터로 아이들을 놀라게 한다. 다른 동네에서 친구들과 원정까지 올 정도로 유명하고, 이사를 떠난 우리도 매년 핼러윈 때마다 행사에 참석할 정도다.

빨간 문의 아파트에서 칠판 색 대문으로 바뀐 타운하우스에서 평생 살리라 장담하던 때였다. 물론 새로운 도전으로 또 다른 집을 꿈꾸었지만, 그곳에서 평생 숙제를 마치게 해 준 아들도 낳았고 미국에 사는 것을 허락(?)하는 영주권도 받았다. 멋진 미국 가정을 옆집에 두고 다정한 한국 가정을 앞집에 둔 아직은 젊었던 이민 1세대가 성공을 꿈꾸는 아름다운 집이었다.

개인적으로 우리 옆집 부부는 직접 핼러윈 복장을 하고 아이들에게 일일이 사탕을 나눠줘 인기 최고인 하우스로 꼽히기도 했지만, 무엇보다 세 번째에 드디어 천생배필을 만났으니 얼마나 다행인지 모른다.

마을 파티에 초대받다

검정 우체통 옆에 빨갛고 작은 깃발이 올려지면 누군가가 그 안에 편지를 넣었다는 것으로 우체국 배달부가 픽업해도 좋다는 표시다. 그런 우체통에 작은 깃발이 올려져 있기에 나는 편지를 넣은 적이 없어 의아해하며 열어보니 굵은 글씨로 'Thompson Dr Women's party'라는 이름의 초대장이 들어 있었다.

Thompson Dr(톰슨 드라이브)라는 것은 우리 집 앞길 이름을 말하는 것이고 Women's Party라면… 여자들만의 파티? 희한 한 이름의 파티 초대장을 싱글 하우스로 이사하고 얼마 안 되어 받았다.

이사 첫날 바로 옆집에 사는 하얀 단발머리를 한 여자가(멀리서 보면 키 큰 할머니 같지만 나보다 열 살쯤 많다) 조그만 사과 파이 몇 조각을 가지고 와서 환영한다고 얼렁뚱땅 인사만 간단히 나눈 게 다여서 아직 동네를 파악하지 못하던 때라 초대장은 약간 의아했다.

단풍으로 물든 좁다란 노란 길에 반해 무리해서 계약해버린 싱글 하우스였다. 집을 계약하기 전 동네 자체가 워낙 오래되고 외진 데다가 나무가 많아 한국 사람들은 썩 좋아하는 집이 아니라는 걸 부동산을 통해 들은 터라 살짝 긴장한 데다가 영어 부담감으로 편안하게 동네 사람들과 오갈 수 없는 제한된 삶을 살지 않을까 염려하던 참이었다.

일이 터진 건 며칠 뒤였다. 저녁을 잘 먹고 잠시 아이와 한가한 시간을 보내고 있는데 화장실에서 남편이 '헉' 소리와 함께 노트북을 내던지며 꼬꾸라졌다. 데굴데굴 구르며 그야말로 애를 낳는 듯 괴로워했다. 어렵게 911에 전화하고 배를 쥐어짜는 덩치 큰 남자를 '도대체 저녁에 뭐 먹었길래' 같은 엉뚱한 생각을 하며 어쩔 도리없이 지켜만 보고 있었다.

드디어 깜깜한 칠흑 같은 어둠에 엄청난 네온 불빛을 휘날리며 빨간 911차가 도착했다. 건장한 남자 두 명이 현관으로 들어와 이것저것 묻더니 바퀴 달린 간이침대에 남편을 눕히고 나 갔다. 소방차같이 생긴 빨간 차가 한 대 더 와있었고 여자 한 명 과 남자 한 명이 대기하고 있었다. 그새 옆집 남자는 플래시를 들고 집 앞으로 한참을 걸어와 무슨 일이지 궁금해서 소방관과 얘기를 주고받았다.

다음날 응급실에서 연락이 왔다. 남편은 담석 즉 쓸개에 돌 이 두 개 있는데 그중 큰 알맹이 하나가 요로에 막혀 있다며 곧 수술해야 하니 일단은 데려가라고 했다. 그래도 응급인 관계 로 이틀 뒤 수술 날짜를 잡고 아주 작은 삼각형 모양에 긴 막대 기가 달린 과학 시간에 비커에 물을 넣기 위해 사용했던 깔때 기 같은 플라스틱과 거름망을 주면서 화장실 갈 때마다 쓰란다. '참나! 희한한 걸 주네 수술이나 빨리하지 않고선' 워낙 미국 의 료 시스템에 불신이 많은 터라 모든 게 확실해 보이지 않았다.

한밤의 911 사건으로 동네 이사 신고식은 제대로 치른 건지 동네 사람들은 내 차인지 어찌 알고는 지나갈 때마다 친절하게 손을 흔들며 인사했다. 매일 우체통에 나가는 길에 마주치는 앞 집(강아지 두 마리를 쌍둥이처럼 하고 다닌다) 여자는 우체통까지 강 아지를 데리고 와서 묻는다. "어디서 왔냐 강아지 이름은 뭐냐

애들은 있냐…" 영어 회화를 돈 안 내고 하는 셈이었다. 나이가 들면 말이 고프다더니 이것저것 묻고 대답했다.

급기야 파티 얘기가 나왔다. 매년 크리스마스가 다가오면 친한 동네 사람 집에서 여자들만 모여 파티를 한다는 것이다. 이사 왔으니 한번 참석하는 게 어떠냐고 했다. 일단 흔쾌히 승낙했지만, 마음 한구석엔 어쩌나 싶어 영 불편했다.

저녁에 먹을만한 디저트 음식 한 접시와 모인 사람들이 하나씩 가져갈 수 있도록 준비해오라는 당부도 했다. 한마디로 음식 하나씩을 서로 바꿔 가져가자(나도 나중에 알았지만 여기서는 Food exchange라고 한다)는 얘기였다.

내가 잘할 수 있고 인상에 남길 만한 것으로 고민하다 찹쌀가루에 팥, 밤 견과류를 넣고 물 대신 우유와 베이킹파우더를 넣은 퓨전 찹쌀떡을 해가기로 했다.

명절 때나 조금씩 하던 떡을 많은 사람과 나눠 먹어야 하니 양도 양이거니와 일종의 신고식이라 신경은 쓰였다.

잘하려고 하면 더 실수하는 법! 정신을 차리고 정성껏 준비해야 했다. 일단 큰 사각 접시에 다 같이 디저트로 먹을 떡을 담고 사각으로 조그맣게 자른 떡을 하나하나 포일로 먹기 좋게 반만 감싸고 대여섯 개씩 투명 백에 조리법과 함께 넣고 리본을 묶어 30개쯤 만들었다.

　여자들만 하는 파티이고 첫 경험이라 남편과 아이들 밥만 챙겨주고 어두운 밤길을 따라 운전대를 잡았다. 하우스 번호가 집을 알려주는 번호이고, 그 번호는 우체통에 크게 적혀 있는데 가로등이 없으니 번호가 보이지 않아 애가 탔다. 그래도 오른쪽 집은 짝수 번호, 왼쪽 집은 홀수 번호로 차례차례 배열되는 규칙 덕분에 왼쪽 집만을 보며 찾는데 차가 여러 대 길가에 줄지어 있고 불이 환하게 켜진 집이 보였다.
　집은 아담했다. 어두워서 자세히 보이지는 않지만, 우리 집보다는 작고 한눈에 보기에도 오래돼 보였다. 크고 무거운 접시와 30개의 떡을 들고 들어갔는데 벌써 노랑머리 여자들이 삼삼오오 수다 삼매경에 빠져 있었다. 앞집 여자가 나를 소개했다.

　한국에서 왔고 아이가 셋이 있고 남편은 비즈니스를 하고 강아지 이름은 루미, 그때 911이 왜 집에 왔는지까지. 한참을 자기가 아는 한 모든 정보를 장황히 늘어놓았다. 어색해할 나에게 최대한 유머 섞인 소개로 화기애애한 분위기를 만들어주었다. 덕분에 여자들은 금세 호의를 보이며 다가왔다.

언제 미국에 왔느냐 직업이 뭐냐… 질문 폭탄이 이어지고 그러다 여기 사람들은 나이를 묻지 않는 게 불문율 같은 건데 갑자기 누군가가 "근데 너 몇 살이야?" 하! 이 질문에 너도나도 예측하느라 시간이 흘렀다. 누군 30살, 누군 무슨 소리 20살처럼 보이는데, 아이가 셋이라면 그럼 고등학교 때? 의견이 분분했다.

잠시 후에, 내가 마흔이라고 하니 정말 거짓말 조금 보태서 파티장은 거의 초토화됐다. 우리도 미국 사람 얼굴을 보고 나이를 가늠하기가 어려운데 그들도 동양사람 나이를 알아맞히기란 똑같이 어렵나 보다. 어릴 때는 그렇게 인형처럼 이쁘고 날씬하다가 성인만 되면 아니 고등학생만 되면 몸은 그렇다 치고 얼굴이 급속도로 노화한다. 오죽하면 우리 아이가 친구들에게 "지금은 너희들이 이쁘고 날씬한데 엄마 되고 나이 들면 날 부러워할 거야. 우리 엄마를 보면 알아"라고 했을까.

그들 시선에서 내가 고등학생이나 대학생처럼 보이는 게 당연했다. 지금도 50이라고 하면 한국 사람들은 모두 아는, 그만한 나이로 보일 텐데 미국 사람은 적어도 열 살 아래로 본다. 이면에선 동양사람들은 축복받은 인종이다.

나이로 한바탕 웃고 난리더니 이번엔 퓨전 떡이 도마 위에 올랐다. 한 번도 먹어보지 못한 세상에 이런 맛은 처음인 양 레시피를 묻고 또 물었다. 그들에게 밀가루가 아닌, 쌀가루도 아닌, 찹쌀가루(sweet white rice powder)를 어찌 설명할까? 진땀을 빼며 콩글리시로 대답했다. 아마 동양의 떡은 이렇게 모두 쫄깃하고 달콤한 빵으로 여겼으리라.

어느덧 그들이 눈에 들어왔다. 미국 집에 가본 적이 두어 번 있었다. 미국 교회에서 이민자들을 위해 무료로 영어를 가르쳐주는 선생님과 친구 Donna의 집이었다. 이게 전부여서 이렇게 많은 여자가 한꺼번에 한집에 모여 수다 떠는 모습을 본 적은 없다. 내 눈엔 신기한 광경이었다.

나이 든 여자와 젊은 여자들이 여기저기 테이블에 앉아 시시콜콜한 수다를 떨고 나름대로 약간의 격식을 차려 일하다 온 정장 차림의 여자도 있고 드레스로 한껏 멋을 낸 여자도 있어서 드레스 코드가 딱 정해져 있진 않았다.

한국의 동네 반상회 같은 느낌인데 반상회처럼 무슨 주제를 가지고 토론하는 것이 아닌 아이나 남편 없이 정말 여자들끼리만 즐기는 파티였다.

메인은 역시 그들이 좋아하는 스테이크, 그릴에 구운 닭과

치즈 마카로니, 오일과 향료를 뿌린 먹음직스러운 새우, 크림파
스타와 양송이 피자였다.

사이드 메뉴로는 채소와 과일, 내가 가져온 퓨전 떡과 초콜
릿, 조개 모양의 쿠키들 각종 드링크와 애플 사이다 그리고 빼
놓을 수 없는 와인까지 30여 명이 각자의 음식 솜씨를 뽐내며
만들어 온 갖가지 음식들이 자리 잡고 있었다.

내가 눈여겨 본건 애플 사이다였다. 식혜를 마시듯 그들은
연신 애플 사이다를 들이켜는데 맛은 달콤한데 사과를 갈아 넣
은 느낌이고 씹히는 건 사과를 갈았을 때처럼 무르지 않고 간
배처럼 약간 거칠었다.

그 맛을 보고 알아서인지 그 뒤론 모임이나 파티 때 꼭 빠지
지 않는 음료수가 애플 사이다임을 알게 되었다. 머리를 갸우
뚱거리면서 맛을 보는데 노란 원피스 입은 제일 눈에 띄게 예쁜
여자가 다가와 설명해 주었다.

사과만 갈아 꿀을 넣고 1~2일 놔둔 뒤 물로 희석해서 주스
로 마시거나 그냥 진하게 삭히는 게 애플 사이다라고 했다. 사
이다라고 하면 톡 쏘는 맛이 기본인데 식혜처럼 그냥 시원하게
달콤한 주스였다.

예쁜 사람이 말도 예쁘게 한다고 설명은 기막히게 잘하더니

만 혼자 와인을 홀짝거리더니 나중엔 혼자 취해서 결국 남편이 데리러 오는 촌극이 벌어졌다.

관심은 온통 나한테 집중됐다. 나중에 이유를 알았지만, 그 동네는 거의 30년 이상 터줏대감들이 사는 마을이고 우리네가 말하는 옆집 숟가락 개수까지 알 정도로 친분이 강했다.

동네에서 제일 크게 잘 지어진 새집에 과연 누가 이사를 들어올까가 이슈였다가 어디서 듣도 보도 못한 새파랗게 젊은, 까만 머리 동양인 가족이 들어왔으니 우리 사는 모습이 너무나도 궁금했던 것이다.

다음 해 여자들만의 파티를 어느 집에서 할 것인가를 계속 큰소리로 누군가가 묻는다. 일제히 나를 본다 헉! 나도 모르게 한국말로 대답했다.

"저어어요!"

숨죽이듯 작게 말하며 살짝 수줍게 올린 손이, 그들은 그냥 알았나 보다. '저요'가 영어로는 'Yes, I got it'이라는 걸. 박수 소리가 요란했다. 어느 젊은 여자는 휘파람까지 불었다.

30여 개의 이쁘게 포장된 희귀한 미국 음식들을 한가득 안고 오며 생각했다. 이젠 한국을 제대로 보여줄 차례다.

퍼스트 클래스 타고
재미없는 천국을

상상해보라. 조용하고 한적한 오래된 시골 동네에 제일 크고 예쁘게 지어진 집으로 누가 들어와 살지 마을 어르신들이 웅성웅성하는데 생각지도 못한 다른 나라 사람이, 이사 왔다면 어떨 것 같은가? 딱 그랬다. '어떻게 하면서 사는지 궁금해서 놀러 가고 싶다. 그래 모두 가서 구경해야지 뭐!'

울며 겨자 먹기로 우리 집에 초대했고 파티 날은 다가오고 있었다. 일단 초대장을 조금 맵시 있고 단순하게 만들어 각 집 우체통에 넣고 빨간 깃발을 세워두며 파티가 시작되었음을 알렸다. 그러고 나서 이메일을 돌렸다.

메인 음식은 한국식으로 할 테니 디저트만 조금씩 가져오고 대신 50달러 상당의 각자 정말 가지고 싶은 물건을 사 와서 제비뽑기로 서로 선물을 교환하자고 제안했다. 그전 파티에서 음식 교환의 아이디어를 본떠 선물로 대신했는데, 모두 재밌겠다는 반응과 함께 꼭 오고 싶다며 감사의 말도 잊지 않았다.

한국 음식이되 미국 사람 입맛에 맞는 걸 준비해야 했다. 음식에는 영 자신이 없는데 그렇다고 남의 손을 빌리는 것도 싫었다. 까다로운 한국 사람 입맛에 맞출 일도 아니고 어차피 서로가 잘 모르는 맛이니 내 맘대로 하지 뭐! 그래서 준비한 게 갈비찜과 찜 같은 연어구이, 반 깐 홍합구이, 베이컨 아스파라거스 말이 그리고 가락국수 샐러드였다.

일단 갈비찜은 외국인이 먹어야 하니 먹기 좋은 크기로 자르고 간은 약하면서 조금 달게 하고 오랜 시간 동안 졸이며 쪘고, 찜 같은 연어구이는 살만 발라져 있는 30cm 길이의 핑크빛 도는 신선한 놈으로 골라 두툼한 살덩어리 위에 소금과 후추로 밑간을 하고 옥수수 알과 잘게 썬 양파와 연어 알을 마요네즈에 버무려 오븐에 노릇하게 구웠다. 반 깐 홍합구이는 가장 큰 홍합을 골라 연어 요리에 올렸던 것처럼 마요네즈 소스를 조그만 스푼으로 떠서 하나하나 반 깐 홍합 위에 얹어 오븐에 구워 내면 진한 오렌지 빛깔의 홍합살과 검정 셸의 조화가 보는 황홀함까지 더했다.

기다랗고 통통한 아스파라거스는 먼저 밑동만 살짝 끓는 소금물에 데치고 베이컨으로 돌돌 말아 구워 양념이 필요 없고 보기엔 그럴듯하게 만들었다. 김치 하면 한국이라는 인식으로 덜 매운 김치도 맛볼 수 있도록 살짝 핑크빛 돌게 버무려 놓았고, 그녀들이 그렇게나 환호했던 퓨전 떡과 약식도 만들었다.

약식이 정말 쉬운 음식인 건 시어머니 레시피인 까닭이다. 평생 밖에서 일만 하셨던 분이라(솔직히 같이 살았지만, 전수한 음식이 몇 개 없다) 쉽고 빠르고 간단한 음식만을 선호하셨는데, 그런 음식 중 하나가 약식이었다.
먼저 찹쌀을 하룻저녁 물에 불리고 참기름 1, 식용유 1, 간장 3, 흑설탕 한 컵으로 간을 하고 좋아하는 견과류만 골라 넣고 섞은 후 압력밥솥에서 달랑달랑 김이 빠지며 돌아간 뒤 1분 정도만 있으면 완성되는 간단한 음식이다.
이때 주의해야 한다. 내 코를 김이 빠지는 달랑이에 대고 쿵 쿵 냄새를 예민하게 맡아야 한다. 자칫하면 눌어 바닥이 진한 캐러멜색으로 변할 수도 있다. 살짝 마른 냄새가 나면 1분도 되기 전에 끄고 김이 빠지면서 뜸이 들기를 기다려야 한다.

많은 시행착오가 있었지만 내가 달콤한 음식을 좋아하는 관계로 항상 빼놓지 않고 하는 음식이라 이젠 도가 텄다. 음식 준비는 끝! 이제 집안 정리다.

그래도 인테리어를 하고 온 경력이 있는지라 특별히 가구를 새로 사거나 꾸밀 필요까진 없었지만 처음 방문하는 한국 집이니 뭔가 독특한 걸 보여주고 싶어서 서재에 있는 고가구를 복도 한 벽으로 옮겨 콘솔처럼 단아하게 놓고 고가구인 사각 자개장을 더욱 돋보이게 하고자 자개장 위 벽면에 아빠가 직접 쓰고 만들어 주신 서예 글씨가 고풍스럽게 쓰인 사각 나무 액자를 걸었다. 하얀 백자 단지와 함께 놓으니 그래도 동양적인 분위기가 났다.

한둘씩 여자들이 선물 보따리 하나씩과 디저트를 들고 들어왔다. 오는 순서대로 선물에 번호를 써넣었다. 어떤 할머니는 손주를 데리고 오고 어떤 분은 친구를 데려오기도 했다.

우리 아이의 진두지휘 아래 꼬맹이 손님들을 지하로 데려가

놀기로 하고 여자들만의 파티가 시작되었다. 여자들은 먹는 건 뒷전이고 그저 우리 집이 신기한 듯 구경하는 데 정신이 팔렸다.

예상대로 자개장에 집중되고 붓글씨의 커다란 액자랑 백자 도자기에 관해 묻기도 했다. 이것저것 세심히 둘러보더니 자기네와 비슷한 풍이라는 데 안심이라도 된 듯 칭찬을 늘어놓았다. 다만 처음엔 모든 게 차이나 저팬이냐고 묻고 굳이 난 아니라며 모든 게 'Made in KOREA'라고 힘주어 말해야 했다.

고기라고 하면 스테이크만 있는 줄 알았다가 뼈가 붙어 있는데, 돼지고기도 아닌 소고기로 한 달달한 갈비찜이 새로운 맛이라며 놀랐고 약식이 퓨전 떡과 같은 찹쌀로 만든 거라는 데 또 한 번 놀라워했다.

동양 음식, 특히 한국 음식은 김치를 대표로 모두 건강한 다이어트 음식인 줄 알았는데 고기며 생선 거기에 다디단 디저트까지 있을 줄은 몰랐다는 눈치다.

그런데 가족 모두 어떻게 날씬할 수 있는 지 의아해했다. 한국 음식은 김치 같은 것은 발효되어 유산균이 많고, 많은 음식이 달지만 설탕을 넣지 않은 자연식이라 살이 찌지 않는다고 말해주었다. 물론 어설픈 내 영어를 알아들었는지는 모르겠다.

선물 교환식 차례다. 다들 처음 해 보는 이벤트라 약간 흥분된 상태로 만들어 놓은 바구니에 담긴 번호와 선물에 매겨진 번호를 맞췄다.

작년에 노랑 원피스를 입었던 켈리가 이번엔 보라색 원피스를 입고서 맨 먼저 번호를 뽑았다. 5번! 5번 선물은 하얗고 까만 쌍둥이 스탠드였다. 그녀는 딸만 둘이 있는데 하나씩 주면 좋겠다며 정말 좋아했다.

두 번째는 옆집 사는 하얀 단발머리 코니가 자그마한 튀김기를 뽑았는데 남편이 무척 원했던 거라며 뛸 듯이(역시 미국 사람들 표현은 압권이다) 좋아했다.

세 번째 주자로 파파 할머니 스텔라가 사랑스러운 핑크빛 목욕가운을 뽑고선 난감해했다. 자기는 필요 없을 것 같으니 딸을 주겠다고 하니 서로 달라며 웃기도 했다.

우리 바로 앞집에 사는 메기는 이미 거나하게 한잔한 얼굴로 가장 크게 포장된 선물을 뽑았는데, 술이 아니기에 망정이지 예쁜 유리 술병이었다. 유리병이라 깨질까 봐 겹겹이 포장하니 상자가 커져 버린 것이다. 술을 좋아하니 술병을 뽑았다며 수군대는 듯했는데 알고 보니 이 동네에도 왕따가 있었던 모양이다. 수군거림이 심상치 않더니 그다음 파티엔 초대도 안 했다. 사람 사는 곳이 다 똑같다. 그 뒤로 와인 잔 세트며 조그만 크리스털 인형, 향수, 슬리퍼, 거울 등 다양한 선물들이 풀렸고 이 이벤트는 이듬해 파티부터 자리를 잡게 됐다.

한참 와인을 마시며 파티가 무르익을 무렵이었다. 갑자기 초인종이 울렸다. 더는 올 여자도 없고 끝날 시간도 아닌데… 매너 없는 남편들도 아닐 거라며 나갔더니 글쎄 빨간 모자에 빨간 옷, 하얀 수염, 그리고 안경을 쓴 산타클로스 할아버지가 큰 소리로 '메리 크리스마스~' 하며 선물 보따리를 들고 서 있는 게 아닌가!

여자들은 동네가 떠나가라 환호하고 지하에서 놀던 아이들이 뛰쳐 올라왔다. 산타는 아이들 한 명 한 명에게 선물을 주며 책을 받은 아이에게는 자기 무릎에 앉혀놓고 진짜 산타처럼 목소리를 굵게 변조해가며 책을 읽어주고 녹음기를 선물 받은 아이에게는 음악이 나오니 같이 춤을 추며 놀아주었다. 그렇게 한참을 놀아주고 멋지게 휙 떠났다.

산타는 다름 아닌 옆집 하얀 머리의 남편 Mr. B였다. 배가 많이 나오고 얼굴이 좀 큰 데다가 목소리가 굵은 저음이고 초등학교 선생님이라 아이들 마음을 잘 읽을 수 있어서였던지 산타 역에는 적격이었다. 그러나 딱 하나 실수를 하고 말았다. 산타가 진짜 있다고 믿던 우리 아이에게 두고두고 의심받을 일이었다.

아이는 산타의 뒷모습을 지켜보고 있었고 옆집으로 들어간 것까진 좋았는데 다음 날 아침 가짜 하얀 눈썹이 길에 떨어진 걸 목격한 것. 그 후 몇 해가 지나도록 툭하면 산타가 옆집 할아버지라며 물었다.

외국에 나오면 모두가 애국자가 된다고들 한다. 짧은 여행을 가도 한국 사람으로서 예의를 지키려고 애쓰고 친절하게 묻고 대답한다. 한국이라는 말만 들어도 반갑고 한국에서 만들었다는 'Made in Korea'라는 단어만 봐도 자랑스럽다. 하물며 외국에 정착해서 사는 사람들은 뼛속까지 애국자임을 인식하는데 안타깝게도 한국에 살 때는 숨 쉬는 공기처럼 느끼지 못했다.

지금은 한국의 위상이 높아졌음을 인식하지만, 내가 올 때만 해도 특히 시골일수록 일본이라는 나라는 알아도 한국은 잘 몰랐다.

분단이라는 아픈 역사를 가진 한국에 대한 자긍심을 키울 수 있는, 내가 할 수 있는 일이 고작 집을 개방하는 것이었지만, 그들 눈에 비친 우리 집은 곧 한국 가족의 대표 모습이었으리라. 시골일수록 세계정세를 보는 시야가 좁을 수밖에 없으니까.

그들 속에 살려면 그들보다 더 잘하지는 못하더라도 똑같은 선상에는 서서 뛰어야 절반이라도 가고 더 뛰어나야 똑같이 보인다는 걸 안다. 식사하고 서비스가 불만족스럽더라도 보통은 12~15%의 팁을 주지만, 우리는 한국 사람이라서 될 수 있으면 15~30%를 준다.

운전할 때도 먼저 웃으며 양보하고 집 밖 정원도 더 자주 더 깨끗이 청소하고 관리해야 한다. 우체부 아저씨를 만나도 먼저 인사하고 초대받으면 되도록 한국 제품으로 유명한 배나 곶감 같은 제일 크고 좋아 보이는 거로 선물한다. 왜냐면 우리가 그들에게는 자기들 땅에서 먹고사는 이민자로 보이기 때문이다.

한국에서 사는 이민자도 마찬가지다. 동남아 등지에서 와 한국에 정착해서 사는 사람들에게 따뜻한 시선으로 봐주면 좋겠다. 그들 또한 나처럼 자기들 나라에서 떨어져 나가 향수병과 이민자라는 곱지 않은 시선을 가지고 외로운 땅에서 힘겹게 살아갈 것이다.

Mr. B는 우리 둘째를 자기 강아지 생일 파티에 초대하고 지금도 아이들이 여름방학에 무얼 하는지 항상 궁금해한다. 사소하지만 정겨운 미국 사람이다. 옆집 외국인에게 이번 겨울에는 무엇을 계획하는지 정답게 물어보면 어떨지.

커나가는 콩나물

존스 홉킨스 서머스쿨을 다녀와서

"Are you from North Korea?"

"… Yes"

한국보다는 북한을 더 잘 아는 미국 아이들이 North Korea(북한)에서 왔냐고 물었을 때 영어를 못 알아듣고 "Yes"라고 대답하던 우리 아이와 학교 성적표를 어떻게 보는지도 모르는 엄마가 할 수 있는 일이라곤 서점에서 문제집을 사서 공부하는 것뿐이었다.

한국에서 초등학교 1학년을 마치고 와서 셈하는 속도는 조금 빨랐지만, 수학 개념 자체의 용어가 다르니 처음부터 용어를 영어로 익히는 게 우선이었다. 영어의 읽기 쓰기, 수학의 덧셈 뺄셈 등을 구분해서 4권씩 총 8권의 문제집을 하루에 2페이지 씩 매일 풀고 채점했다.

문제집을 고르는 일에서부터 풀고, 오답인지 정답인지를 맞혀보는 과정까지 언어를 처음 접하는 신세계에 들어가 신기해 하는 아이는 물론 나 또한 스펀지처럼 스며들어 물들어갔다.

일단은 숙제(Home work, 정책상 하루에 학교에서 내는 숙제의 양이 1학년은 10분, 2학년은 20분, 3학년은 30분)를 먼저 해야 하는데, 미국 아이들이 후다닥 10분이면 할 숙제를 딸은 1시간이 되어도 끝내지 못하고 결국 학교로 다시 가져가는 일이 잦았다.

모르는 숙제도 끙끙대며 해야 하는데, 말이 여덟 권이지 태산처럼 쌓인 문제집이 아득하게 느껴졌을 텐데도 아이는 불평 한마디 하지 않았다. 창고에 물건이 쌓이듯 나 또한 아이의 지식만큼이나 상식이 쌓여갔다.

아는 만큼 보이는 법! 처음엔 정말 쉬운 수학 문제부터 점점 난도가 높은 숙제를 내주었다. 알고 보니 레벨에 따라 숙제가 달라지는 걸 알게 되었다.

한 학년에 크게 3개의 레벨이 있다. 더 세밀하게는 7단계가 있는데, 영어와 수학에서 Below Grade, On Grade, Above Grade로 크게 나뉘고 각 레벨에서 다시 I(independently, 혼자서도 잘하는)와 W(with assistance, 도움이 필요한) 두 개로 쪼개진다. Above보다 더 잘하면 GT(Gift & Talent)까지 아이들 실력에 맞는 단계에서 공부한다.

이 모든 레벨과 성적이 A4 용지 한 장에 쓰여 있고 뒷면에는 각 과목 선생님들의 코멘트가 적혀 있는데 처음엔 어떻게 보는지 몰라 어리둥절할 따름이었다. 그냥 '잘하고 있나 보다'라고 여기는 수밖에.

레벨이 낮은 초기 단계의 문제집에서 시작해 매일 두 페이지씩 하다 보니 점점 속도가 붙거니와 다 풀고 나면 다음 단계로 올라가다 보니 자동으로 학년이 높아지는 선행학습이 되어버렸다. 한마디로 1학년의 세 단계에서 낮은 Below level로 시작했다가 On level이 되고 그다음 높은 Above level로 올라간 것이다. Above는 자기 학년보다 한 학년 위 단계를 배운다는 의미다.

그러다 4학년이 시작되면서 아파트에서 타운 하우스로 이사하고 학교를 옮기게 되었다. 전학하고 며칠이 지난 어느 날 전화 한 통이 왔다. 나는 모르는, 아이와 같은 반 친구 엄마였다.

"그 집 아이가 GT에 들어갔다면서요?"
"그래요? 그런데 GT가 뭔데요?"
"모른다고요?…."

GT라는 걸 어찌 알았겠나? 그때는 들어보지도 못한 생소한 외계어인걸. 알고 보니 전학한 학교에는 똑똑한 한국 아이들이 많아서 수학 레벨 자체가 어느 학교보다 높았고 교육에 관심이 컸던 부모들이 어릴 때부터 차근차근 단계를 밟아가던 중에 굴러들어온 돌이 박힌 돌 뺀다고 전학 온 한국 아이가 그중 아무도 못 들어간 GT에 들어갔으니 집중될 수밖에 없었던 것이다.

GT는 소수정예 반으로 제 학년보다 2학년을 앞서 배우는 반이다. 3학년까지는 세 단계까지만 있던 것이 4, 5학년부터는 영어와 수학에 한 단계 더 높은 GT 반이 있고 6학년부터 12학년까지는 영어, 수학뿐 아니라 과학이나 사회, 음악, 미술 등에서도 레벨이 나뉜다.
한번 들어갔다고 안심할 수는 없다. 매년 시험을 쳐서 못하면 단계가 내려가고 반대로 잘하면 정해진 자리가 빌 때 올라갈 수도 있으므로 긴장의 끈을 놓을 수 없다.

부모들의 집중 아닌 눈총을 받으며 아이는 새 학교에 적응하느라 바쁘고 나 또한 동네 한국 엄마들과의 우의를 다지던 참에 교육열에 정점을 찍는 어떤 분을 만났다.

그분의 교육에 관한 노하우는 영국 유학생 시절부터 시작됐고, 소위 영어권 1세대라 나처럼 미국 생초짜의 교육 열의는 새발의 피에 불과했다.

난 그분의 말 한마디 한마디가 한 줄기 신세계 빛처럼, 혹은 신의 계시처럼 들려왔고 행여 하나라도 놓칠세라 적고 또 적었다. 그분 딸은 명문 MIT를 수석으로 졸업하고 스탠퍼드 대학원에 장학금을 받고 들어간 재원 중의 재원이다. 그 보석처럼 빛나는 정보 중 나의 팔랑귀가 춤춘 것이 'CTY'라는 프로그램이었다.

CTY(John's Hopkins center for youth gift & talent program, 미국 최초로 존 홉킨스 대학에서 어린 영재들을 발굴해 여름에만 캠프로 3주간 대학 기숙사에서 공부하는 프로그램)에 가려면 2학년부터 6학년 전까지는 SSAT(예비 대입고사)로 점수를 받아야 하고, 7학년부터 12학년까지는 SAT(대입고사)를 고등학생들과 함께 봐야 하며 높은 점수로 합격하면 JHU에 초대돼 상을 받는 영광을 얻는다.

한번 합격하면 매년 프로그램에 갈 수 있는데, 만약 2학년 때 SSAT로 합격하면 6학년 때까지는 학생이 원할 때 언제든 갈 수 있고 7학년 때 SAT로 합격하면 12학년까지 역시 학생이 원하면 언제든지 여름 프로그램에 갈 수 있다.

전 세계에서 몰려올 정도로 유명해서 한국에서도 몇몇 학원에서는 CTY 반이 있을 정도다. 미국까지 오지 못하는 학생을 위해 유럽이나 홍콩 등에서는 존 홉킨스를 그 나라 대학과 연계해 같은 시기에 같은 프로그램을 하기도 한다.

비용은 만만치 않다. 3주에 거의 4,000달러(450만 원)인데 매년 조금씩 오르고 있다. 저소득층을 위한 장학금 제도는 아주 까다로운 절차가 필요하다.

2월쯤에 신청할 수 있는 인기 있는 과목은 조기에 마감되고 영어와 수학 모두 합격한 학생에게는 더 많은 과목의 선택권이 주어진다. 존 홉킨스 본교에서 직접 들을 수 있는 과목도 많지만 다른 주에 있는 대학을 빌려서 프로그램을 진행한다. 물론 유명한 다른 대학 가령, 스탠퍼드나 예일 등에서도 비슷한 여름 캠프가 있는데 CTY처럼 유명하진 않다.

대학원서 쓸 때 각 학교 서머캠프 한 학생에게 약간의 혜택을 준다는데 그것까진 잘 모르겠지만, 우리 큰아이가 JHU에서 전액 장학금을 받은 건 조금이나마 CTY와 연관이 있지 않을까 짐작해 본다. 어디까지나 대학 마음이니까…

큰아이는 4학년 때 SSAT를 봐서 5학년 서머캠프를 존 홉킨스 본교에서 공부했는데 그때는 너무 어려 대학 기숙사에서 기숙하는 프로그램은 못 하고 Day school이라고 해서 아침에 갔다가 저녁에 끝나는 3주 캠프를 했고, 7학년 때는 SAT 시험을 봤다. 한국 같으면 말도 안 되는 일이다. 7학년이면 중학교 1학년인데 중학생이 고3이 보는 대입시험을 본 거니까.

미국의 SAT는 누구든 필요하면 일 년에 여섯 번의 시험을 볼 기회가 있다. 그중 1~2회만 볼 수도 있고, 2년에 걸쳐 10회 본 시험 점수를 대학에 제출할 수도 있다. 대부분은 2~3번 본 점수를 원하는 대학에 보내는데, 그런 걸 슈퍼 스코어(super score)라고 해서 여러 차례 본 각 과목의 가장 높은 점수를 받아들이는 대학도 있다.

SAT를 많이 본다고 결코 좋은 건 아니다. 대학에서는 공부에만 집중하는, 그러니까 다른 야외 활동을 하지 않고, 전인교육을 위한 정책에서 벗어나 한 곳에만 치중한 아이를 절대 원하지 않는다는 점도 알아야 한다.

미국에서 대학 보내기는 정말 어렵다. 공부만 잘하는 학생이 아니라 전반적으로 교육이 잘된 아이 즉, 졸업 후 그 학교를 빛내줄 학생을 선발하는 데 초점이 맞춰져 있다.

딸은 7학년 때 CTY에 합격해서 8학년이 끝나고 고등학교 들어가기 전 여름에 필라델피아에 있는 'Franklin and Marshall' 대학에서 공부했다.

어릴 때부터 선생님이 꿈이던 아이가 한국의 인기 의학 드라마 '뉴하트'에 푹 빠지더니 여의사 선생님의 꿈을 시험해보고자 해부학 과목을 들었다. 대학 가기 전 이처럼 대학에서 직접 자기 진로에 관한 강의를 들어보는 것도 큰 수확이었고, 지금도 의학 전문대에서 해부할 수 있는 수술 파트가 가장 흥미롭다고 한다.

드라마가 청소년기의 꿈에 큰 영향을 끼치는 만큼 선별해서 보여줘야 하는 중대함이 어른의 역할이라는 것을 그때 알았다.

둘째 또한 같은 CTY 공부를 했는데 어릴 때 보내는 건 시간과 돈 낭비인 듯해 8학년과 9학년을 연달아 큰아이가 다녔던 학교에서 같은 과목을 들었다. 그러나 둘째는 큰아이의 꿈이 자

기 꿈인 듯 착각했다며 의대인 Pre-Med에서 법 공부로 전공을
바꾸려고 하고 있다. 미국 대학은 전과가 매우 쉽다.

　전 세계 우수한 학생들이 모이는 곳이라는 건 익히 알았지만
두 번째로 갔던(조금 성장하고 갔기 때문인지는 모르지만) 서머캠프를
다녀온 후 큰딸의 모습은 이전과는 놀랄 만큼 달라져 있었다.
　짧은 시간이었지만 공부하는 방식과 생활습관이 한층 성숙
해졌다. 공립학교에서 온 아이는 거의 없었고 대부분 사립 중학
교에 다니다가 혹은 사립고등학교에 진학할 예비 학생들이 미
국의 다른 주, 다른 나라에서 모였다.
　나이도, 성별도, 나라도, 인종도 다른 학생들이 한곳에 모여
서로 다른 세상 이야기를 풀어가며 그들만의 방식으로 3주를 지
내야 했으니 마음에 맞았던 몇몇 친구들은 지금까지도 우정을
다지고 있다. 유럽이나 아시아, 세계 어딜 가도 만날 수 있는 친
구들이 있다는 인프라의 중요성을 어린 나이부터 알게 되었다.

　한 기숙사에 4명씩 한방을 이용하는 3주 생활이지만 침대 시
트에서부터 이불, 스탠드, 하다못해 옷걸이에 욕실용품까지 진
짜 대학생들처럼 기숙사 생활에 필요한 모든 것을 옮겨야 했다.
　우리 집은 두세 시간 거리에 있던 덕분에 이삿짐을 큰 차로

옮긴다지만, 먼 타주나 다른 나라에서 온 아이들은 비행기를 타고 부모랑 혹은 아이 혼자 와서 그 모든 일을 한다는 열정에 박수를 보내야 했다.

공부깨나 하는, 공부에 관심이 있는, 공부에 재능이 있는 아이들끼리의 만남이었으니 서로의 관심이 온통 공부에 집중되었을 것이다.

공부에 욕심을 부리는 나름대로 열심히 한다고 생각했던 딸도 그곳에 온 모든 아이가 자기보다 더 잘하고 더 열심히 하는 걸 보더니 우물 안 개구리였음을 깨달았나 보다. 보이는 만큼 알게 되는 것이 좋은 점도 있지만, 알면서 느끼는 허탈함도 있다는 걸 나중에 알게 된다. 하지만 그때는 몰랐다.

"엄마, 나도 사립고등학교 보내줘"
"그래, 해 보지 뭐"

무식이 용감이고, 팔랑귀의 얇음이, 이것저것 재지 않는 나의 성격이 발동했다. 그래! 이젠 미국 명문 사립고등학교다.

미국 명문 사립학교

일단 사립학교에 출사표를 던지기로 하고 랭킹 10위의 명문 사립고등학교를 알아보기로 했다. 그중 많은 학교가 동부 매사추세츠나 북쪽 뉴햄프셔 등 춥기로 유명한 아이비리그 대학들이 모여있는 주에 있고 그나마 한두 군데 정도만 우리 집에서 조금 가까운 2~3시간 정도 떨어진 주에 있었다.

거리가 중요한 게 아니었다. 일단 최상위권 10위에서 그래도 어려운 상위 20위 정도까지를 목표로 계획을 세웠다.

하지만 SSAT 점수가 문제였다. CTY의 입학시험이 SSAT와 같은 거라 다행이긴 했지만 CTY의 입학점수로는 한참 모자라고 거의 만점에 가까운 점수라야 했다.

집에서 문제집으로 공부해서 점수를 올리기에는 한계가 있고 전문 입시 학원을 수소문해야 하는데 한국처럼 학원이 발달해 있지 않고 더군다나 사립고등학교를 준비하는 반도 생소해서 학원을 찾는다는 건 포기해야 했다.

겨우겨우 개인 과외를 하는 사람에게 일주일에 세 번, 두 시간씩을 부탁하고 시간당 돈을 지급했지만, 두 달 후에 에세이 1페이지 비용으로 2,000달러를 요구하는 바람에 그나마도 그만둬야 했다. '우리가 봉인가?'라며 눈을 흘겼지만 알고 보니, 대학 입시 에세이는 1만 달러는 족히 든다는 말을 듣고 나서야 눈을 내려야만 했다.

학교 수업을 하며 따로 SSAT를 공부해야 하는 걸 고려해야 하지만 정확한 입학점수 합격선도 없고 거의 만점에 가까운 점수를 받아야 한다. 일단 그 정도로 만족하고 그다음은 그간 공부 이외에 해왔던 과외활동 데이터를 만들고 스펙을 업그레이드해야 했다.

먼저 오랫동안 꾸준히 하고 있는 활동이 중요하므로 가장 먼저 떠올린 건 음악이었다. 바이올린은 1학년 때부터 안용구 선생님의 지도를 받아온 터라 여러 오케스트라 단원이긴 했지만 내세울 만한 대회에 나가 상을 받은 전적은 없었다.

부랴부랴 가장 가까운 시일에 가장 가까운 곳을 찾아 대회에 나갔다. 대회 지정곡을 제대로 연습할 시간도 없었고 자유곡 또한 피아노와 맞춰 놓은 곡이 없는 상태로 2개의 대회에 출전했다. 모두 1등 아닌 2등을 했지만 다른 대회는 꿈도 꿀 수 없었다. 시간이 턱없이 부족했다.

그다음으로는 리더십이 중요했다. 대외적인 리더십에서부터 자잘한 동네 소그룹까지 모두를 끌어들여야 한다. 초등학교 때부터 오케스트라 악장을 도맡아 해온 이력과 중학교 때 전교 회장과 부회장 타이틀을, 학생회에서 한국의 아나바다처럼 쓰던 물건을 싸게 파는 프로그램을 만들어 매년 할 수 있게 만든 프로젝트까지 자잘한 리더십 거리가 될 만한 일들을 찾아서 기록했다.

봉사를 얼마만큼 했는지도 살펴야 한다. 오케스트라에서 챔버를 만들어 4인조로 시니어 센터 등에서 봉사한 시간을 사인받고 심지어 동생에게 공부를 가르치고 부모에게 사인을 받는 것도 봉사에 들어가니 가짜로라도 만들어야 했다. 별걸 다 해야 인정해 주는 미국이다.

공부 재능을 보여주는 SSAT 점수도 됐고, 음악 재능을 보여 줄 바이올린 상도 받아 놓았고, 리더십에 봉사시간까지, 이제는 운동이다.

운동이라… 나는 100m 달리기를 고등학교 때 16초 1에 완주했고 학교 핸드볼이며 테니스반에 있어 운동은 좀 하고, 남편은 초등학교 때 탁구선수로 이름깨나 날렸다 하는데, 우리 아이는 운동에는 영 젬병이었다.

뭐든지 스스로 먼저 흥미로운 걸 찾아내고 이것저것 도전해 봐야 직성이 풀리는 아이라 수영도 해 보고 스키도 잠깐 탔었다. 스노보드는 첫날 첫 레슨을 하자마자 손목을 다쳐 응급 침대에 실려 산꼭대기에서부터 내려와 한 달 동안 석고붕대를 해서 바이올린도 못 했던 적이 있었다. 그러니까 아이는 운동에는 재능이 없었다.

그래서 생각해낸 게 춤이었다. 한창 한국의 걸그룹 댄스가 유행이라 제법 따라 하길래 재즈댄스를 배우기로 했다. 한 달여 만에 뭘 할까 했지만, 욕심 많은 아이가 못 할 리가 없다. 제법 허리 돌리기며 다리 올리기며 리듬을 타는듯했다. 어쭈? 자기가 댄스에 재능이 있다며 댄스 가수가 되는 게 어떻겠냐며 우리 가족을 한바탕 웃겨주었다.

딸아이는 아주 단시간에 작품 하나를 겨우 완성해서 그럴싸하게 걸그룹 흉내를 내며 흥겨운 음악과 함께 비디오를 만들고 시디로 준비를 마쳤다.

한국에서는 공부만 잘하면 모든 게 만사형통, 그야말로 공부의 신만이 대학 갈 자격이 되는데(요즘엔 많이 바뀌었다고 한다), 미국은 도대체가 아이가 공부를 잘하고 있는지조차 모르니(성적표에 석차가 전혀 없다 레벨에 따른 ABCD만 적혀 있다. 딱 한 번 고등학교 졸업할 때 전체 석차가 나온다) 잘하면 얼마만큼 잘하는지, 못하면 얼마만큼 못하는지를 모르고 평상시에는 그저 평화롭다. 모든 아이가 행복하다. 모두가 그 레벨에서는 최고다.

가끔 얼토당토않은 일이 벌어지기도 한다. 성적표에 모두 A를 받으니 내 자식이 학교에서 공부를 잘하고 있구나 하고 안심하는데, 막상 SAT 점수를 보니 너무도 낮은 점수를 받아 기가 차서 알아보니 제일 낮은 그룹에서 제일 열심히 잘하고 있던 것이다.

처음 미국에 와서 한 과목에 7단계가 있다는 걸 알고 기겁한 것과 같은 맥락인데 알아도 너무 늦게 안 셈이다. 그러나 학생이나 부모나 그동안 행복했으니 이도 썩 나쁘지는 않다.

SAT를 본 후에나, 12학년 졸업 때쯤 알게 되는 전체 석차를 보고 나서야 아이의 정확한 성적을 알게 된다는 건 공부 이외 모든 걸 더 잘해야 한다는 말이기도 하다. 공부 외에는 모든 게 보이는 성적이다. 눈에 보이는 어떤 대회의 등수나 봉사시간이라도 준비를 해둬야 마지막에 공부 점수를 입력할 수 있다.

마지막으로 세 분 정도의 선생님 추천서가 필요해서 교장 선생님, 아이가 좋아하는 수학 선생님 그리고 카운슬러 선생님께 부탁을 드렸다. 이제 막 고등학생이 되어서 우리 아이에 관해서 잘 모르리라 생각했는데 아이가 다니는 고등학교와 졸업한 중학교가 길 하나 사이에 있는 관계로 다녔던 중학교 선생님들에게 아이 성적이나 생활을 직접 전화해 물어보고 써주겠다는 말을 듣고 안심 반 걱정 반이 되었다.

놀랍게도 추천서는 선생님이 아이가 가려는 학교마다 직접 밀봉한 상태로 보내진다. 아이에 관해 무슨 말이 쓰여 날아가는지 알 길은 없다. 이건 대학원서 때도 마찬가지다.

미국에도 '스카이캐슬'이 있다니

미국 공립고등학교 시스템은 성인으로서 투표할 수 있을 정도의 지식과 사회 활동 능력만을 기르게 돼 있다고 한다. 딱 거기까지이고 뛰어난 이들을 양성하는 곳은 사립이나 공립을 다니되 사비로 길러내야 한다는 말이 있다.

이 말에 신빙성이 있는 게 일단 공립학교 선생님이 되는 일이 한국에서는 하늘의 별 따기라면 미국은 모래사장에서 조약돌 줍는 격이다. 그만큼 한국보다는 쉽다는 의미다. 오히려 사립학교는 선생님 진용이 훌륭해야 학교 입지가 좋으니 서로 모셔가기 경쟁이 치열해 위상이 높을뿐더러 그에 비례해 연봉 수준도 높다고 한다.

미국은 우리나라 같은 사범대학이 따로 없어서 특별히 이수 해야 할 과목 없이 일반대학과 일반 전공을 공부한 졸업생이 원하면 선생님이 될 수 있다. 그만큼 정말 실력 있는 선생이 공 립학교로 흐르기란 쉽지 않고 그래서 공립에서는 아이가 아무 리 뛰어나다 해도 아이에게 맞는 교육여건이 좋지 않다는 이야 기도 맞다.

또 한국처럼 전체 학생이 공부에 매달리지 않고 50% 미만 이 대학에 뜻을 두다 보니(요즘엔 점점 늘어나는 추세다) 공부에만 초점을 맞출 수 없고 다양한 활동으로 모두를 만족시켜야 하는 학교 처지도 이해된다.

일반 공립고등학교에서 명문 대학을 간다는 건 하늘의 별 따 기다. 지금까지 내 주변에서 하버드에 입학한 아이 두 명과 MIT 에 입학한 아이 한 명을 본 게 전부인 만큼 어렵다.

학교 처분만 바라서는 절대 명문 대학을 갈 수 없다는 걸 잘 아는 부모들은 어릴 때부터 다른 방법들을 찾아야 한다. 지금 말하려는 비싼 사립고등학교에 보내든지 공립학교에 다니면서 과외활동으로 아이와 부모가 직접 발로 뛰며 아이 재능을 만들어 가든지 이도 저도 맘에 안 들면 홈스쿨로 학교에 보내지 않고 부모가 직접 전인교육을 시키든지 잘 선택해야 한다.

공립은 대중적인 아이들이 다니는 곳이므로 뛰어난 아이에게는 학교 성적(GPA)을 받기 쉽다. 모든 대학에서 학교 성적표를 일차로 보기 때문에 학군이 좋지 않은 곳일수록 GPA 받기는 쉬울 것이다. 하지만 일단 뛰어난 실력을 갖춘 선생님이 거의 없고 여건이 맞지 않아서 막상 모든 주에서 공통으로 보는 SAT나 AP(미국 전역의 모든 고등학생이 공통으로 보는 시험으로 과목별로 나누어져 있고 1~5점까지 점수로 나온다)에서 낮은 점수가 나올 확률이 높다.

다행히 학군이 좋은 동네의 공립은 웬만한 사립보다 낫다. 학군 좋은 곳이 집값이 높다는 이치는 한국과 마찬가지이다.
집을 사기 전에 꼭 확인해야 하는 절차가 있다. 집에서 갈 수 있는 학교의 등급을 점검해야 한다. 초등학교부터 고등학교까지 학교마다 1에서 10까지 등급이 있고 이 등급이 높을수록 학군이 좋다. 우리 동네는 초등부터 고등학교까지 모두가 10으로 좋은 학군이다.

학교 성적은 쉽게 받을 수 있다 해도 그 밖의 SAT나 AP 성적
에는 학교에서 크게 관여하지 않는다는 건 한 번도 따로 시험
대비를 해준 적이 없다는 거로 증명된다. 한국에서 수능 때문에
학교에서 목숨 걸고 매달리는 걸 보는 것과는 대조적이다. 물론
여기는 공부하려는 아이가 따로 있다.

1등부터 꼴등까지 공부에만 매달리지 않고 다양한 분야로
흩어져 있어서 공립에서는 다양한 아이들을 공평하게 길러내
는 데 맞춰져 공부 위주로만 집중할 수 없다는 말도 맞다. 따라
서 공부에 재능이 있고 정말 좋은 대학을 가려면 사립으로 가
서 집중 케어를 받으라는 뜻으로 받아들이면 맞을 거다.

사립은 공부에 뜻이 있고 차별화된 교육을 받고자 하는 아
이만을 선별하는 곳이다. 그러려면 자비를 터는 데 주저하지 말
아야 한다. 일단 우리 아이는 공부에 뜻이 있다고 하니 밀고 나
가기로 했다.

부동의 명문 사립고등학교 1위는 역시 매사추세츠주 앤도
버시에 있는 Philips academy(필립스 아카데미)다. 2위인 Phillips
exeter academy(필립스 엑시더 아카데미)와 이름이 비슷해 보통 1
위는 앤도버, 2위는 엑시더라고도 불린다.

3위는 St. Paul's school(세인트 폴 스쿨), 4위는 The Lawrenceville school(로렌스빌), 5위는 존 F. 케네디와 트럼프 대통령의 딸 이방카가 나와서 유명해진 Choate Rosemary Hall(초트 로즈메리), 6위는 서부의 명문 빌 게이츠가 나온, 서부라서 우리 아이와는 상관없는 Lakeside school(레이크사이드)이다.

7위는 이름이 이쁜 Deerfield academy(디어필드 아카데미)이고 그 뒤로는 순위가 약간씩 바뀌어 Horace(오렌스), Trinity(트리니티), Sidewell Friends school(사이드웰 프렌즈 스쿨) 등이 있다.

푸른 잔디에 푸른 미소들이 그들만의 성에 그들만의 리그로 무장된 듯하다. 관심이 없어 보이지도 들리지도 않던 학교들은 막상 뚜껑을 열고 들여다보니 입이 떡 벌어질 만큼 규모나 비용이 어마어마했다.

거의 모든 학교가 기숙사를 포함한 가격으로 일 년에 4~5만 달러는 족히 들어간다. 장학금 제도가 잘되어 있다고는 하지만 수요가 많은데 굳이 돈을 줘가며 모셔가진 않을 듯하다.

남편에게는 등록금에 대해서는 함구하기로 했다. 미리 걱정할 필요가 뭐 있을까? 넘어야 할 산이 너무 높아서 일단 합격이라도 하면 그때 생각하는 게 나으리라.

아이 기록들을 모두 두툼한 파일로 정리하고 바이올린 켜는 모습과 댄스 하는 모습은 비디오로 찍어 시디에 하나씩 복사해서 10개 학교에 등기로 보내고 추천서는 알아서 갔을 것이고 우리는 초조하게 인터뷰를 기다렸다.

차례대로 인터뷰 날짜가 잡히고 집에서 7~8시간 거리에 있는 학교를 묶어 될 수 있으면 한 번에 몇 학교를 도는 일정으로 짜서 온 식구가 함께 여행한다 생각하고 강아지까지 합세해 인터뷰를 위해 떠났다.

첫 학교 인터뷰부터 우리는 기가 죽었다. 이미 학기가 시작된 터라 교정의 나무들은 아직 노랗고 붉은 잎들을 하느작거리고 있었다. 역사가 오래된 학교라 중세풍의 성처럼 나지막하지만, 고풍스러운 자태로 차분하면서도 묵직했다.

노랑머리를 한 앳된 아이에서부터 제법 늙수그레한 청년들도 보였다. 진 군청 바탕에 붉은 체크 라인이 선명한 유니폼이 그들만의 성에서 즐기는 그들만의 리그인 양 당당하면서도 자유분방함에 우리는 꿔다 놓은 보릿자루 마냥 또 다른 신세계를 맞이해야 했다.

인터뷰를 하려는 서너 가족이 있었는데 한 눈으로 쓱 스캔을 해 보니 명품을 휘감은 듯했다. 나름대로 명품에 해박한 지식이 있다고 자부했지만, 소박한 우리 동네에서는 보지 못한 미국 명품 가족을 눈앞에서 보니 놀라웠다.

차례로 20분가량 아이들 인터뷰를 하고 부모들 인터뷰까지 간단히 따로 하고 가벼운 티와 쿠키를 먹고 학교 답사에 나섰다. 도저히 고등학교라고는 믿기지 않았다. 그 몇 년 후에 대학을 탐방했는데, 일반대학과 비교했을 때 규모에서나 형태에서나 똑같은 시스템이었다. 건물마다 명칭이 있고 기숙사가 줄지어 있고 수영장에 군데군데 테니스장 헬스장 식당… 작은 도시를 그대로 옮겨 놓은 듯했다.

몇 군데 더 비슷한 느낌으로 된 학교들을 돈 뒤 집으로 오는 길에 그렇게나 풍요롭고 아름다운 곳에서 숨 쉬고 공부하고 아이들과 자유로이 토론하는 상상만으로도 가슴이 벅찼다.

내가 못다 한 일들을, 꿈들을 마음껏 펼친다면 아이들 미래가 얼마나 행복할까? 부모가 당신의 꿈을 자식에게 실현하고자 하는 건 잘못이지만, 그 부모의 마음은 같으리라 생각이 드는 긴 하루였다.

드디어 몇 군데는 대기자 명단으로 또 몇 군데는 합격이 되었다. 그중 제일 가까운 학교에 가서 하루를 직접 체험해 보고 결정할 기회가 있었다.

아이와 함께 가벼운 마음으로, 편안한 차림으로 학교의 정해진 장소로 갔다. 주차장은 이미 만원이었다. 겨우 주차를 하고 들어가려는데 검정 정장을 한 건장한 남자가 우리 아이 이름을 부르며 문 앞에서 악수를 청했다. 소개하기를 그 학교 교장이란다. '어라? 우리 아이 이름을 어떻게 기억하지, 아직 그 학교 아이도 아닌데?' 그게 다가 아니었다. 웬만한 선생님들이 아이 이름을 다 알고 있었다.

모인 사람들이 눈에 들어왔다. 거짓말 조금 보태서 그 넓은 홀에 있는 모두는 노랑머리였고 남자들은 정장에 커프스로 셔츠 소매 끝을 장식하고 여자들은 반짝이며 고급스러운 정장 차림에 높은 하이힐을 신고 명품 가방을 손에 하나씩 끼고 있었다. 한 손에는 칵테일 잔을 들고서 수다를 떨고, 아이들은 모두 깔끔하고 단정한 미니 정장을 입고 있었다. 이게 무슨 상황이람?

운전만 할 수 있는 캐주얼한 복장에 아이는 그나마 수업을 들어야 한다기에 깔끔하지만 편한 복장을 했는데 드레스 코드가 있다는 데 무척 당황스러웠다. 한데 그것보다 더 놀란 건 동양사람이 한 명도 없다는 것이었다. 더군다나 우리 아이는 영어 이름이 아니라 순 한국 이름이어서 눈에 더 띄었다. 그러니 이름부터 특이한 동양 이름에 얼굴도, 복장도 희한한 우리 아이를 모를 리가 있나?

난 아이만 내동댕이치고 비정하게 차로 도망쳤다. 그들만의 세계에 같이 섞여 있을 수가 없었다. 혼자서 '왜 이런 세계에 또 뛰어들었을까?'를 자책하며 기다리는데 아이가 왔다. 합격했을 때의 뛸 듯이 기뻐했던 해맑은 모습은 온데간데없고 기가 잔뜩 죽은 회색 얼굴을 하고선 힘없이 차에 탔다.

우리는 한동안 말을 하지 않았다. 수업 내용이 궁금하지 않았고, 아이는 친구들이 중요하지 않았다.

맞지 않는 옷을 입으면 거북하고 불편해서 벗고 싶다는 걸 그때 알았다. 어느 나라나 상류사회가 있지만, 미국에도 그들만의 상류사회가 존재한다는 걸, 그들만의 리그에 겁 없이 들어가려다가 헉 소리 나게 가슴이 답답해짐을 느꼈다.

그대로 가면 분명 작게 반짝이는 유리알 같은 내 아이가 큰 유리 볼에 들어가자마자 깨져버려 상처가 날 것을 직감했다. 내가 잠깐 잊고 살았었나 보다. 얼마 전 한국에서 절찬리에 방영

된 '스카이캐슬'이라는 드라마에서의 상류사회 아이들의 존재를 그리고 그들의 슬픔을…

마음에 커다란 돌덩이 하나를 안고, 다니던 공립학교로, 제자리로 가는 아이가 이제서야 딱 맞는 옷을 입은 듯 웃으며 학교 스쿨버스에 올라탔다. '송충이는 솔잎을 먹고 살아야 한다'라는 말도 있고 '뱁새가 황새를 따라 날면 가랑이가 찢어진다'라는 말도 있다. 맞는 말인 것 같은데 왠지 슬프다.

여기서 살지 않았다면, 우리 땅에서 우리말 하며 솔잎을 먹든 뱁새가 되든 당당하게 살았을 텐데 나와 내 남편의 결정으로 언어도 자유롭지 못하고 인맥도, 재력도 충분치 않은 남의 땅에서 나도 그 땅 주인인 양 행세하려다 어린아이에게 상처만 준 것 같아 미안한 마음에 버스 뒤꽁무니에 손만 열심히 흔들어댔다.

다락방 한쪽 구석에 그때 모았던 사립학교들의 방대한 자료들이 튼튼한 갈색 가죽 사각 가방에 모셔져 있다. 대학을 다니는 큰아이는 가끔 이야기한다. 둘째는 늦었지만 셋째만은 사립에 보내라고.

대학에 가서 대부분 사립을 나온 친구들과 혼자서만 공립을 나온 외톨이의 힘겨움을 동생들에게는 겪게 하고 싶지 않은 모양이다. 하지만 둘째 때도 그 가죽 뚜껑을 열지 않았고 아마 영원히 열지 않을 작정이다.

상류사회가 별건가? 엄마 아빠가 이 땅에서 이민 1세대로 훌륭히 살아남았으니 자기는 살아남은 자의 이민 2세대로서 힘겹게 사는 사람들을 의술로 돕고 싶다고 말하는 우리 아이가 진정한 상류사회의 일원이지 않을까?

미국과 한국의 사교육

아이들이 어느 정도 크고 한국에 가는 걸 좋아하게 되면서 3개월의 긴 여름방학을 한국에서 보내는 해가 많아졌다.

한국에는 웬만한 곳에 학원이 성행해서 굳이 멀리 찾아다니는 수고를 하지 않아도 돼 좋고 수요와 공급이 활발하니 미국보다 학원비용이 상대적으로 싸다는 생각이 든다. 한국에서 미국을 볼 때 사교육비가 아예 없거나 아주 저렴할 거로 추측하는데 그렇게만 생각한다면 큰코다치기 쉽다.

미국 공립학교 정책은 성인이 되었을 때 투표를 할 수 있는 정도만의 교육 커리큘럼으로 구성되어서 그 이상을 원하는 우리네 부모들로서는 학교 교육이나 정보에만 의지할 수 없다. 그야말로 우물 안 개구리처럼 공립학교에서 제공하는 정보만으로는 아이가 원하는 대학교에 가기란 쉽지 않다. 대학에서 원하는 지덕체를 골고루 갖춘 학생이 되려면 각자의 노력이 필요하다.

공부는 기본이고 운동이나 음악도 거의 전공 수준 실력을 갖춰야 하고 국제적으로 알려진 상 하나 정도는 있어야 안심이 될 정도다. 그래서 사교육을 해야 하는데 운동이든 미술이든 한국처럼 한 달 단위로 하는 레슨이 아니라 시간당 레슨비를 받아서 그 비용이 어마어마하다. 대학 진학률이 48%인 점을 고려하면 사교육 수요가 적기 때문에 더욱더 비싼 비용을 감수해야 한다.

예를 들어, 미술학원에 다닌다면 한국에서는 한 달 비용을 한꺼번에 내면(개인 레슨이 아니라면) 매일 학원에 가서 교습을 받을 수 있지만, 여기는 한 주에 한 번 또는 두 번 가서 1시간이나 2시간 배우고 시간당 적어도 30~40달러 정도는 내야 한다.

그나마 미술 같은 경우는 그룹으로 배울 수 있어서 저렴한 편이고 음악이나 골프 등 그야말로 일대일 레슨은 30분이나 45분에 적어도 60달러 이상, 선생님 인지도에 따라 천차만별이다.

여기에선 보통 여름방학 기간에 여름 캠프를 보내는데 기간이 11~12주 정도로 워낙 기니까 일주일에 400달러(약 50만 원 정도) 정도만 잡아도 4,000달러(약 500만 원)가 넘으니 한국에 나처럼 체류할 수 있는 가족이 있다면 한국에서 여름을 보내는 게 더 효과적이다. 비행기 비용을 포함해서 같은 비용이 들더라도 양질의 교육을 받을 수 있기 때문이다.

SAT를 보면, 학교에서는 전체 학부모가 모이는 학기 초 모임에 한차례 공지를 한다. 시험 날짜가 일 년에 6번 정도 있으니 원하는 데로 알아서 예약해서 하라고 한다. 따로 시험을 대비한다거나 시험 날짜가 있음을 공지해 주지 않는다. 오히려 SAT 시험이 임박해 있다 해도 평소보다 더 어려운 학교 시험을 주지 않으면 다행이다.

우리 집 근처에는 그나마도 SAT 전문학원이 많지 않다. 거의 없다시피 해서 1시간 정도 걸리는 버지니아까지 가야 한다. 여기보다는 한인들이 많이 밀집된 곳이라 조금 낫다지만 학원비가 만만치 않다.

결국에 택한 게 한국행이었다. 알아보니 두 달 집중 코스로 매일 아침부터 저녁까지 빽빽한 스케줄로 전반적인 SAT 과정을 미국보다 자세히 아는 데다가 강사진도 훌륭하고 더군다나 전체 수업이 영어로 진행되는 학원도 있으니 금상첨화였다.

학원비는 여기랑 별반 다르지 않은데, 한국은 시간당으로 계산하지 않아서 오히려 시간으로 계산한다면 미국보다 싸다. 미국에서 온종일 두 달을 다닌다면 상상 초월할 비용이 나올 것이다.

몇 해 전 여름 폭우가 쏟아져 우면산이 무너졌던 대형 사건을 기억하는지. 그 시각에 우리 아이는 대치동 사거리가 물에 잠겨 헤엄치듯 건너가 학원에 갔더랬다. 엄마의 무식함으로 버스를 태워 보낸 탓도 있었지만, 배우고자 하는 열의가 대단한 딸에게도 상을 줘야 한다.

큰아이 덕에 나와 어린 두 아이의 희생이 따랐지만, 덕분에 우리에게 그 작은 빌라 방 한 칸짜리 스튜디오는 두고두고 꺼내볼 추억을 만들어주었다.

지금의 우리 집 모닝 룸 만한 크기에 침대며 화장실 부엌까지 있었다. 부엌은 내가 일어서면 아무도 옆에 있을 수 없는 반 평 정도? 그런 작은방에 우리 언니까지 와서 밥을 먹기도 했으니… 좁디좁은 부엌 바닥에서 하루살이와 전쟁을 치르며 작은 밥상을 펴고 공부하는 큰아이 사진은 길이길이 남을 추억이 되었다.

욕심이 지나치면 화가 되는 법임을 왜 우리는 시간이 지나서야만 알게 될까. 보통 11학년 때 SAT 시험을 보는데, 우리는 9학년이 끝난 여름에 한국에서 수능을 준비하고 돌아와 10학년에 시험을 보고 남들이 보는 11학년에 대학에서 필요한 스펙을 쌓겠다는 야심 찬 계획을 세웠었다.

그랬던 딸은 이른 10학년 때 두 번의 시험을 보더니 더 좋은 점수가 나올 수도 있는데도 그만하고 싶다는 선언을 해버렸다. 한국에서의 노력이 거의 물거품이 되어 버린 꼴이었다(두고두고 후회할 일이 되었다).

어떤 아이는 정말 10번을 도전해서 만점을 받기도 하는데, 우리 딸은 단 두 번으로 그것도 10학년을 끝으로 더는 도전하지 않았다. 너무 일찍 시작한 실수가 아닐 수 없다.

그래도 어찌 나쁜 일만 있겠는가? 하나를 주면 하나를 얻는 법! 더는 수능을 안 보게 된 대신 11학년에 중요한 AP(대학과정을 미리 보는 중요한 과목별 시험) 같은 단과목 시험과 학교 성적은 유지할 수 있었다.

AP 시험 과목 5개 중 화학은 개인 과외를 했는데 은퇴한 고등학교 선생님을 어렵게 구했다. 1시간에 100달러였는데 다행히 결과는 만족스러웠다.

학교 점수를 열심히 관리하더니 12학년 그러니까 한국으로 치면 고등학교 3학년이 시작되고 얼마 지나지 않아 전체 등수가 12년 만에 처음으로 공개됐다. 고등학교 4년(미국은 초 5, 중 3, 고 4년제다) 동안의 점수를 합산해서 나오는 등수라 누구에게나 초미의 관심을 두게 되는 순간이었다. 대학원서에 넣어야 하고 전체에서 3% 안에 들면 공부깨나 한다는 소리를 듣기 때문에 SAT 점수와 함께 중요한 이력으로 남는다.

등수가 실제 나온 적이 없었으므로 누가 정말 잘하는지는 몰라도 친구들끼리는 누가 1등 할 것 같다는 예상들은 일찌감치 해둔 듯 내 귀에까지 들렸지만, 우리 아이 이름이 거론된 적은 단 한 번도 없었다.

결과는, 우리 아이가 1등이었다. 12년을 통틀어 단 한 번 보여주는 학교 성적이라 이름도 따로 있었다. 'Valedictorian' 발음도 어려워 제대로 부르지도 못하고 외우기 쉽지 않은 단어지만 한마디로 수석 졸업이라는 말이다.

누구나 의아해했고 매번 이름이 거론되었던 아이들의 실망이 이만저만이 아니었을 텐데 우리 아이는 일찌감치 이런 사태를 예감했는지 공부 잘하는 친구들을 멀리한 덕을 본 것 같다.

한국처럼 여기도 중간, 기말고사가 있다. 대신 2학기만 있는 게 아니고 4학기가 있어서 4학기에 중간 기말까지 총 6개의 각 과목 점수를 합산해 평균을 내서 수우미양가처럼 ABCDEF로 나오고 각 과목 점수를 숫자로 환산해 소수점 0.01 단위까지 세밀하게 나눠 나오는 등수라 0.01 차이로 등수가 뒤바뀌는 치열한 서열 싸움이다.

물론 여기에는 레벨 차이로 점수가 다른 것도 있지만 아무튼 우리 아이가 전체 수석을 하는 영광을 안았다.

공간 이동으로 차별화한 공부방식이 때로는 득이 되고 때로는 해가 되는 일들이 생각보다 많다. 한국은 체류비가 비싸긴 하지만 집중적으로 공부하는 시스템이 잘되어 있다.

대치동에는 특히 학원이 집중된 곳이라 원하는 공부방식을 쉽고 빠르게 찾을 수 있고 과목별 비교 분석으로 내 입맛에 맞는 곳을 고를 수 있을뿐더러 미국보다 미국 대학 정보가 더 많았다.

하지만 짧게 자기 생각을 들여다볼 수 있는 대학에 제출할 중요한 에세이 같은 경우는 한국식 에세이로 정형화된 글이 되어 미국에서는 그리 반기지 않는다는 지적이 있다.

우리 가족은 미국에서 오랜 세월을 살았지만, 미국에 살면서 한국을 가까이 접하지 못해 오로지 미국 문화에만 젖어 살았다면, 한국인이라는 자긍심을 몸소 체험하지 못해 자부심 또한 느끼지 못했을 것이다. 몸이 가는 곳에 마음이 가듯 한국의 정치에서부터 음악, 미술 등 문화에까지 두 사회를 직접 체험하고 느끼는 감정들이 남다르다.

꼭 14시간 차이가 나는 한국에 오면 며칠은 시차로 고생한다. 이런 일이 막내가 클 때까지 계속될 예정이지만 그래도 한국이 좋다. 교육에 대한 열의가 대단해서 멋지고 미국에서는 절대 있을 수 없는 절대적인 부모의 지원으로 아이들이 성장하는 모습도 훌륭하다.

연세대학교 여름 캠프에서 법을 공부하고 주말에는 모델 수업으로 이상야릇한 옷과 구불구불한 파마로 나타나는 둘째 딸이 그저 신기할 따름이다.

피바디 교수 안용구

흰 백발에 약간 절룩이는 흐릿한 모습으로 우리를 향해 손을 흔드는데, 순간 차를 돌리고 싶었다. 큰딸아이의 바이올린 선생님 소개를 받고 처음 인사하려고 집을 찾았는데, 마중 나온 분이 설마 그분?

나이는 너무 많아 보이고 몸도 불편하신 것 같은데, 내 어린 딸아이를 맡기기엔 조금 불편한 마음이 들었다. 그 마음을 보신 듯 '정경화를 어릴 때 제가 가르쳤어요'라시며 그때 그녀가 켰던 1/2 크기의 아주 작은 바이올린을 보여주셨다.

선생님의 아버님은 원산에서 한국 최초로 독일 유학을 다녀
오신 의사셨는데 아들이 소아마비라는 사실 하나만으로 집안
에서 거의 고립시켰고, 아들이 음악 한다는 말에 뒤돌아 앉으셨
다고 한다. 그런데도 선생님은 거의 독학으로 그 당시에는 매우
생소한 바이올린을 배우고, 서울대에 합격한 뒤, 같은 대학의
음대 교수로 지내시다, 존 홉킨스 대학교의 음악대학인 '피바디'
에서 30년 동안 제자들을 가르치고 은퇴하셨다.

세계적인 바이올리니스트 정경화의 어릴 적 스승이시기도
하고 세계적인 스타 강동석, 장영주 등을 길러낸 전설 같은 분
을 눈앞에서 뵙고 내 아이의 스승이 되신다는 자체가 영광이었
다. 특히, 먼 미국 땅에서 조국 통일을 염원하고 적극적으로 후
원하는 모습은 진정한 애국자임을, 돌아가신 오늘날에도 모두
에게 널리 본보기가 되고 있다.

피아노를 배에 싣고 왔던 게 큰 착오였다. 미국은 한국과 달
리 아파트가 렌트 하우스라는 걸 알았어야 했다. 그나마 4층 맨
꼭대기 층이라 천장이 높아 다른 층보다는 덜 답답했지만, 맨
아래층만 무거운 피아노를 들여놓을 수 있다는 말을 듣고도 믿
기지 않았다. 건물 전체가 목조건물이라 무게를 지탱하지 못하
고 소리가 울려서 안 된다는 것이다.

아니나 다를까 살살 걷기만 해도 삐걱거리는 소리가 나고, 한 국으로 치면 살인에 가까운 층간 굉음 소리가 난다. 몇 달은 창고에 보관되어 있었지만, 습기로 더는 보관할 수 없어 포기해야 했다.

미술과는 달리 손의 반복 연습이 필요한 음악은 5살 이전에 시작해야 기억력과 재능을 키울 수 있다는 철석같은 믿음이 있던 터라 피아노가 안 되니 차선책으로 초보자 수준이던 바이올린으로 눈을 돌린 게 안용구 선생님과의 인연이 되었다.

큰아이는 곧잘 따라 했고 할아버지, 할머니와 살았던 전적이 있어서인지 선생님이 친할아버지 같아서 좋다고 했다. 얼마나 고맙고 다행한 일인지.

시작하고 얼마 되지 않아 셋째 아이가 생겼고 레슨하는 한 시간 동안 한편에서 둘째 아이 한글과 수학 공부를 가르쳤다. 지금도 사모님은 그 큰 배를 하고서 아이 공부에 매달리는 열성적인 엄마였다고 회고하신다.

매년 꽃이 피는 봄이 되면 자택에서 제자들 콘서트를 열어주시는데 처음부터 하우스 콘서트를 할 수 있도록 집을 설계해서 거실 전면에 아주 큰 유리 통창으로 나무들이 우거진 모습이 보이고, 천장을 높은 세모 형태로 올려서 소리 울림이 위아래로 높이 돌아 고급스럽고 크게 울리고, 직사각형의 넓은 홀로 되어 있어 자연적으로 무대와 관객의 거리가 구분된다. 특히 2층 계단으로 올라가는 벽면에 작고 네모난 구멍이 있어 카메라를 놓고 촬영할 수 있는 배려까지 음악 하는 세심함이 경이로웠다.

처음엔 아이들 한 명 한 명 음악을 대하는 태도가 모두 달라 놀랐다. 어떤 아이는 몸이 너무 뻣뻣해서 약간은 우스꽝스러웠지만, 눈을 감고 들을 땐 감동적인 음악으로 느껴지고, 어떤 아이는 자기 음악에 심취해 관객인 우리가 민망할 정도로 깊이 빠져 있는가 하면 또 어떤 아이는 아빠와 한 몸이 된 듯 흔들리는 이중주로 감동을 주기에 충분했다.

무대라는 곳은 항상 예쁜 드레스를 입고 절대 엄숙한 관객과는 동떨어진 높은 곳에서 한음이라도 틀리면 절대 안 되는 기계적인 소리만을 내야 하는 홀로 싸워야 하는 곳으로 무서운 공포심을 느끼고 있던 내게, 클래식도 연주하는 사람과 음악을 듣는 사람 모두에게 자유스럽고 편한 음악이 될 수 있다는 걸 알게 해주었다.

진정으로 음악을 알게 해 주신 덕분에 우리 아이는 학교에선 오케스트라 악장을 도맡아 하고 County GT Orchestra(매년 오디션을 통한 지역 오케스트라 단원)는 물론 All State(주 단위 오케스트라 단원)에도 매년 뽑히는 영광을 안았다.

콘서트 도중 아이의 솔로를 듣고 기립 박수를 받는 일도 있었는데, 마이너로 살아가는 우리네 숨겨진 자존감을 세워주었다. 그렇게 음악으로 빛나던 딸에게 그래도 음악의 길은 어려우니 공부에 매진하라고 충고해 주셨고 선생님 말씀대로 이민자로서 이 나라에서 받은 만큼 사회에 좋은 일 하겠다며 지금은 마이애미에서 열심히 공부 중이다.

음악은 일단 악보에 그려진 데로 한 음의 실수도 한 박자, 아니 반의반 박자의 실수도 허용하지 않는다. 그나마 건반악기인 피아노는 정해진 건반이 있어서 정확히 그 건반만 누르면 해당 소리가 나지만, 현악기는 스스로 건반을 찾아 집어야지만 그 소리가 나기 때문에 손가락의 예민함과 소리를 듣는 절대 음감이 없으면 그 음을 찾기가 여간 힘든 게 아니다. 그래서인지 현악기 하는 사람들이 손으로 하는 직업 즉, 세밀하고 정밀하게 해야 하는 수술대에서 빛을 발한다고 한다.

그 많은 콩나물 대가리를 헤아려야 하고 빠르게 악보 마디마디를 계산해 내야만 하므로 집중력이 필요할 수밖에 없다. 그래서 음악적 재능이 뛰어난 사람을 보면 천재성의 범위를 뛰어넘는 위인이 많다.

　반면에 같은 예술이지만 미술은 창의적인 활동이다. 책을 많이 접하거나 언어적으로 뛰어난 사람, 이성보다 감정선이 높은 사람은 자로 잰 듯한 정확한 음악보다는 자유롭게 자신을 표현할 수 있는 미술이 맞는 것 같다.
　미술은 재능만 있다면 늦게라도 표현될 수 있는 시간적 여유가 있지만, 음악은 손가락으로 익히는 예술이라 어리면 어릴수록 빠르게 시작하는 게 좋은 이유다. 그래서 수 개념이 빠른 아이는 음악에 소질을 보이고 언어 능력이 뛰어난 아이는 미술에 소질이 있나 보다. 물론 감정을 표현하는 예술적인 감각 면에선 음악 미술의 구분이 없다.

　집안 계단을 오르시다 그만 뒤로 넘어지시는 바람에 갑자기 모든 이의 안타까움을 뒤로한 채 하늘나라로 가신 지 6년이 지난 오늘, 사모님이 선생님을 추모하는 작은 하우스 콘서트를 열었다.
　그 시절 예쁘고 똑똑한 아나운서와 천재적인 바이올리니스트의 만남에 꽤 말들이 많았다고 호탕하게 웃으시며 말씀하신다. 떠난 남편의 흔적을 그 자리 그대로 남겨두고 아직도 그 뜻을 기리며 홀로 꿋꿋이 사시는 모습에서 예술을 떠나 부부의 진한 동지애를 느꼈다.

넓은 통창으로 보이는 진한 나뭇잎들에서 선생님의 강단 있는 어조와 느린 흔들림이지만 힘찬 기운이 어우러져 우리와 함께 브람스 음악을 즐기는 모습을 보는듯하다.

영어권과 비영어권

"뭐 먹을래?" 엄마가 딸에게 묻는다.

"No. I don't want to eat anything."

딸이 엄마에게 귀찮다는 듯 대답한다.

"그래도 배고플 텐데 뭐라도 먹어야지?"

"Mom, Never!" 엄마에게 큰소리친다.

"그래…" 더는 묻지 낳고 혼잣말로 말한다.

처음 이민 와서 본 신기한 엄마와 딸의 대화법이었다. 엄마는
한국말로 묻고 아이는 영어로 대답하고 한마디로 이중언어 주

고받기인데 참 기이했다.

이런 대화법은 심심찮게 맞닥뜨린다. 짧은 단답형뿐만 아니라 긴 대화도 이중 대화법으로 가능하다니 도대체가 이해되지 않았다. 그리고 나서 자세히 보니 놀랍게도 미국에서 태어나고 자란 아이들 대부분 이중언어 대화법을 하는 가정이 많았다.

일단 부부가 높은 학력임에도 이민을 오면 누구나 언어장벽에 부딪힌다. 한국에서 제일 좋다는 대학을 나오고도(물론 전체를 말하는 건 아니다) 마트 허드렛일을 하고 신문을 나르고 세탁소에서 잡일을 한다.

여자는 식당 웨이트리스나 주방일을 하고 델리 주방에서 샌드위치를 싼다. 한국보다 육체노동의 시간당 벌이는 더 많지만, 미국은 전세 개념이 없어서 매달 내야 하는 렌트비 비중이 크다 보니 부부가 함께 매일 12시간씩 일해도 렌트비, 의료보험비, 차 보험료 등을 내면 빠듯한 살림에서 벗어날 수가 없다.

그래서 한 주 벌어 렌트비 내고 한 주 벌어 보험료 내고 또 한 주 벌어… 이러다 보니 정작 아이들 교육을 위한 이민이지만 아이들과 함께하는 시간이 적어지고 대화하지 못하다 보니 이중언어 생활이 될 수밖에 없는 이중고에 시달리는 것이다.

한번은 한의원에서 침을 맞으려고 대기실에 있는데 한국 어른 남자가 들어와서는 처음 왔다며 진료 카드를 작성하는데 무슨 말인지 모르겠다고 내게 물었다. 미국에 온 지 얼마 안 된 탓이었는지 내 눈에 비친 그 남자는 너무도 이상하게 보였다.

분명 한국 사람 얼굴이고 한국말을 어눌하게나마 하긴 하는데 한글을 전혀 모르다니. 지금 생각해보면 어린 나이에 미국에 와 한글을 접할 기회를 얻지 못했을 텐데 그때는 왜 한글을 모르는지 의구심만 가득했다. 같은 한국 사람도 이런 생각을 가지는데 노랑머리 미국인이 볼 때는 어떨까?

그 기이한지만 어쩔 수 없는 비애를 보고서 단 3년 동안만의 미국 생활을 생각한 2003년도엔 굳게 다진 바가 있었다. 큰아이는 7살이 됐으니까 한글은 이미 알고 미국 학교에 다니고 있으니 영어는 금방 습득할 테고, 급선무가 두 살 된 어린 딸에게 한글이 영어보다 먼저라고 여긴 것이다. 한국 얼굴을 한 한국 사람이 한글도 모르고 영어를 먼저 배우는 건 나중에 정체성의 한계에 부딪힐 가망성이 높다는 생각에서였다. 한의원의 그 남자 어른처럼.

큰아이가 한글 공부를 했던 한글 파닉스 카드를 이용해서

간단한 단어를 먼저 습득하고 단답형 문장으로 읽을 수 있게
했다. 쓰기보단 읽기에 중점을 두고 어디에서든 물어보고 읽게
하고 또 반복했다.

매일 밤 한국 동화책을 몇 권 읽어줄지 아이와 정하고 적어
도 하루에 3권 이상씩 읽어주었다. 한국에서 짐을 포장할 때는
책이 얼마나 무거운지 후회도 조금 했었는데 얼마나 다행인지
몰랐다. 특히 셋째를 임신했을 때는 태교에도 좋을 거 같아 더
욱더 한글 동화책 읽기에 매달렸다.

그래서인지 그 뒤로도 책 읽는 걸 무척 좋아해서 도서관에서
매주 30권씩을 빌려다 주면 넙죽넙죽 잘도 받아 읽더니 나중엔
도서관에 있는 동화책은 거의 다 읽어버려 더는 빌릴 책이 없을
정도였고 심지어 고등학교 때 기말고사가 코앞으로 다가와도 그
두꺼운 책을 끼고 있어서 불안해할 정도였다.

그러다 한계에 부딪히는 일이 있었다. 미국에 도착하고 1년
뒤쯤 일주일에 3일, 5시간씩 데이케어(어린이집)에 맡기게 되었
다. '3년 안에 영어 마스터하기'라는 지금 생각해보면 어이없는
엄청난 목표였지만, 그때는 그렇게 되리라 상상하며 학교에 다
녔고 그러기 위해선 아이를 어딘가에 맡겨야 했다.

만 4살 전에 다녀야 하는 데이케어는 상상 이상의 돈을 내야

했고 비용을 생각해 정말 열심히 시간을 쪼개가며 학교에 다니고 있던, 데이케어에 맡긴 지 한 6개월이 흘렀을 즈음 부랴부랴 아이를 픽업하려는 찰나 선생님이 아주 조심스럽게 물어왔다.

"당신 딸 혹시 말을 전혀 못 하나요?"
"네?"
너무 놀라 말문이, 그렇지 않아도 영어가 힘든데, 더 막혔다.
"말은 알아듣는 거 같은데 한 번도 아이들이나 나에게 말을 하지 않아요"

내가 이 말을 제대로 알아들은 건가?
귀를 의심할 정도로 가슴이 먹먹했다. 한국말을 저리 재잘재잘 잘하는 아이가 미국 어린이집에서는 말 한마디도 못 하는 아이였다니! 그동안 얼마나 많이 혼자만의 시간을 보냈을지 얼마나 혼자 외로웠을지 생각하니 당장이라도 한국에 가고 싶은 마음에 눈물이 났다. '한글이 먼저가 아니라 미국에 살려면 영어가 먼저였구나' 하는 후회가 밀려든 순간이었다.
그렇게 영어 한마디 못하는 아이가 만 5살이 되면 킨더가든 (유치원)에 입학해야 하기에 우린 교육청에 가서 영어 테스트를 해야 했다. 그때는 영주권이 없고 취업비자(남편은 H1, 우리는 동반

비자 H4)이기 때문에 초등학교에 직접 원서를 접수하지 못하고 일단 교육청에서 영어 테스트를 하고 만약 영어에 익숙하지 못하면 Esol(영어에 미숙한 이민자를 위한 반) 클래스에 들어가야 한다. 테스트 결과 Esol 클래스에 들어가기엔 조금 아까운 결과이니 입학 전에 영어 학원에 보내서 기초 영어책 정도는 읽을 수 있게 하라는 충고를 들었다.

다행히 Gumon(인도에서 창립한 학원)이 집 근처에 있어 알파벳과 간단한 수 개념을 익히고 있었는데 그나마도 셋째 출산으로 두 달 만에 라이드를 할 수 없으니 그만두어야 했다. 그 뒤론 갓난아이를 데리고 매일 영어 동화책을 이상한 엉터리 발음으로 읽어주어야 했고 그나마 큰아이의 어설픈 영어로 도움을 받았다.

불안한 마음이 있던 입학하고 꼭 한 달 후에 Esol 선생님께 전화가 왔다. 순간 올 것이 왔구나 하는 생각에 담담해졌다. 그러나,

"상의 드릴 게 있는데요" 내 심장이 콩알만 해졌다. 좀 더 영어를 시킬걸.

"네, 말씀하세요" 그래도 책은 열심히 읽어주었는데…

"담임 선생님이 아이를 월반시켜야 한다는데 부모님 동의가 필요해요"

어라? 이건 말이 안 되는 소리다. 월반이라니.

그때까지 한 번도 월반에 대해 이곳 사람들에게 들어본 적도 없고, 상상도 못 했다. 결국, 학교로부터 편지 통보를 받고 7명의 어른이 한자리에 모였다. 교장을 비롯해 카운슬러, Esol 선생님, 킨더가든 담임, 월반할 반 1학년 담임 선생님, 1학년 수학 선생님 그리고 나까지 한 아이의 월반을 위해 이 많은 선생님이 모였다.

한 달간 꼼꼼하게 메긴 아이 성적표를 담임이 브리핑하고 교장이나 카운슬러의 생각과 월반할 선생님 동의를 받고 마지막으로 엄마인 내 동의를 물었다.

"일단 우리 아이가 1학년 수준이라는 건 알겠는데 학교생활을 하는 데 성적만 필요한 건 아니잖아요. 키도 다른 아이보다 작고 몸집도 작고 무엇보다 한국 아이라 다른 친구들과 어울리지 못하면 어떡하죠?" 자못 데이케어의 악몽이 떠올라서 되물었다.

"맞아요. 성적만 가지고 월반할 수는 없어요. 한 달 동안 아이는 저의 어시스트였고 친구들 사이에선 리더였어요. 친구들과의 문제는 없을 겁니다" 일단 안심이다. 또 물었다.

"만약 월반해서 다른 아이들과 적응하지 못하면 다시, 킨더에 들어갈 수는 있나요?"

"당연합니다. 하지만 절대 그럴 일은 없을 겁니다" 확신에 찬 목소리로 만약 월반을 시키지 않는다면 부모로서의 소임을 다하지 못한다는 강한 어조였다.

같은 또래에 비교해서 키도 몸도 작은 까무잡잡한 피부의 한국 아이는 이렇게 6개월 동안 영어를 한마디도 못 해 혼자만의 시간을 가져야만 해서 한글보다는 영어를 먼저 해야 했다는 엄마로서의 자괴감을, 그렇게도 먹먹했던 가슴을 한 방에 날려버렸다. 당당히 영어권으로 입성한 순간이었다.

하지만 월반을 한 1학년 반에는 한국 아이가 10명이나 있었고 모두 여기에서 태어난 똘똘한 친구들로 시기와 질투를 한 몸에 받는 왕따 아닌 왕따를 당해야 했다. 거의 한 달 꼬박 아이는 매일 울며 학교에 갔고 급기야 1년 뒤에는 전학이라는 강행군을 해야만 했던 무언의 이유가 되었다. 그때는 몰랐지만, 시간이 지나고 나면 알게 되는 것들이 이런 것이지 싶다.

누가 "월반해서 좋았나요?" 하고 묻는다면 당연히 "NO"라고 말하고 싶다. 여기는 나이 제한이 학년 제한보다 우선이어서 우리 아이는 나이가 어리다는 이유로 할 수 없었던 일들이 제법 많았다. 인턴을 해야 하는데도 나이 제한에 걸려 친구들보다 늦게 할 수밖에 없었고, 운전면허를 따는 것도 나이 제한(15살 9개월)에 걸려 친구들보다 느리게 접수해야 해서 때를 놓쳐 버리고, 동물보호소에서 봉사하고 싶어도 할 수 없던 적도 있었다. 월반으로 좋은 혜택은 하나도 없는 것 같다. 적어도 미국에서는.

영어보다 한글 먼저라는 경험은 막내에게도 그대로 전수해 둘째처럼 똑같은 방법으로 한글을 먼저 읽혔다. 티브이 채널도 한국방송을 추가하고 뉴스는 매일 한국과 실시간으로 보고 듣게 하고 주말에는 이야기가 연결되는 한국 가족 주말 드라마를 한편 선정해서 가족과 함께 즐겨 보았다. 한국 드라마는 여기에서도 인기다.

그래서인지 지금은 아이들과(막내가 좀 서툴지만) 한국말로 대화하는 기쁨을 누리며 모두의 부러움을 사고 있다. 대신 나의 영어 실력은 늘 턱이 없지만, 내가 좀 못하면 어떤가? 아이들의 이중언어가 나의 비영어권보다 나쁠 리 없다.

미국 학교 오케스트라의 비밀

17년을 살아본 뒤 미국의 학교 교육을 조금씩 알게 됐다. 가만히 들여다보면 아이 양육에 대한 개인의 태도와 사회 시스템이 상당히 정교하게 돌아가고 있음을 알 수 있다.

내가 만약 단 한 아이만을 양육했다면 절대 다 알지 못했을 내용이며 보이는 것만큼만, 아는 것만큼만, 걸어간 만큼만 알게 된 것들이다. 내 나라가 아니고 영어가 모국어가 아닌 이민 1세대이기에 그냥 거저 얻어지는 것은 눈곱만큼도 없다. 몸으로 부딪쳐야만 알 수 있다는 걸 이제야 실감하며 그때 그랬구나 하며 셋째를 기르고 있는 지금이 그나마 다행이다.

어릴 때부터 제일 먼저 접해야만 하는 과외활동이 음악이라 믿고 있으니 미국에 와서 가장 먼저 만난 건 바이올린이다. 큰 아이가 그나마 한국에서 몇 개월 바이올린을 배웠고 1/2 크기 바이올린을 가져오는 바람에 시작된 음악이 세 아이에게 똑같이 17년간 한길을 걷게 했다.

개인 레슨을 시작하고 초등학교 오케스트라에 가입했다. 들어가자마자 1번 자리에 앉았다는 말에 설마 했는데 그 오케스트라 콘서트에 가보니 웬걸 바이올린을 허리춤에 차고 기타 치듯 손으로 줄을 튕기며 음악을 하는 게 아닌가?

그런 아이들을 보고 미국 부모들은 환호성을 지르며 박수를 쳐대며 좋아라 한다. 난 그 모습이 좀처럼 이해되지 않았다. 오케스트라라면 최소한 옷을 멋지게 맞추어 입고 음악 하나라도 제대로 선보이기 위해 최선을 다하려 노력하고 실수할까 봐 초조해하는 모습을 아이는 아이대로 부모는 부모대로 긴장 속에서 지켜보는 게 당연한 일인데 여긴 실수를 하든 엉성한 모습으로 서 있든 그 모습이 그저 자유스러워 긴장하고 있는 내가 우스울 따름이었다. 그런 모습을 보는 내가 더 당황스러워 어이없는 웃음과 영혼 없는 박수를 날려야 했다.

초등학교부터 고등학교까지 어느 곳에서나 빠지지 않는 그룹이 바로 오케스트라다. 영국의 클래식한 전통을 그대로 전수하고자 하는 열망이 있어서인지 다른 건 몰라도 오케스트라에 쏟아붓는 정성은 과히 지극한데 그 노력은 우리와는 완전히 다른 모습이다.

우리는 음악을 한다 하면 당연히 레슨을 필수요건으로 생각하고 되도록 빠르게 진도가 나가길 원해서 초보 때는 매일 학원에서 레슨하고 선생님이 정해주는 연습량을 충실히 이행코자 집에서는 연습하라 다그치는 모습이 지극히 자연스러운 일상일 테지만 여기는 절대 그렇지 않다.

대부분 미국 가정은 개인 레슨을 하지 않는다. 그나마 우리처럼 개인 레슨을 철칙으로 아는 아시안들은 일주일에 딱 한 번 그것도 처음엔 20분에서 30분 정도의 레슨을 받는다. 장난도 아니고 책 펴고 한두 마디 하면 끝나니 진도는 나가지 않고 연습도 할 게 없다.

이런 방식이 계속되니 언제 아이들 실력이 늘까? 영 성에 차지는 않지만 어쩌랴 로마에 가면 로마법을 따라야지 별수 있겠는가? 피아노는 아파트가 목조건물이라 올리지 못한다니 별수 없고 울며 겨자 먹기로 바이올린의 느린 걸음과 그들 방식으로 같이 갈 수밖에.

그럭저럭 1년이 흐르고 학교 오케스트라 선생님의 추천으로 카운티 GT 오케스트라에 들어가게 되었다.

3학년부터 5학년까지는 초등학교 GT, 6학년부터 8학년까지는 중학교 GT, 9학년부터 12학년까지는 고등학교 GT 오케스트라로 구분해 카운티에서 내로라하는 학교 멤버들이 경합해서 뽑히는 과정이다.

카운티라 하면 익숙한 서부의 오렌지 카운티처럼 한국으로 치면 구라고 생각하면 쉽다. 강남구가 한국의 교육 1번지인 것처럼 우리가 사는 하워드(Howard county)나 몽고메리(Montgomery County), 버지니아의 페어팩스(fairfax County)가 교육 도시로 널리 알려졌다.

한번 들어간다고 안심할 수 없는 게 매년 학기 초에 오디션을 보고 다시 뽑기 때문에 긴장의 끈은 늘 팽팽하다. 들어가서도 경쟁이 치열해 중간중간 자리 오디션을 봐 아이들의 경쟁심을 계속해서 유발하는데 미국의 경쟁체계는 눈에 보이지 않는 것이 특징이라 자리 경쟁은 반전에 해당하는 등수 매김이 아닐 수 없다.

이런 등수에 불을 켜고 달려드는 장본인은 역시 교육 일번지 한국 사람들이다. 나 또한 여기에 앞장선 장본인이다. 적어도 큰 아이가 대학에 들어갈 때까지는.

큰아이는 무사히 GT에 입성했고 안용구 선생님을 만나면서 날개를 달고 날았다. 매년 GT에 들어가는 건 물론이고 항상 악장을 도맡아 하며 점점 유명세를 치렀고 존 홉킨스에 속한 피바디 음대의 프로그램에도 참여했다.

셋째 임신으로 라이드가 힘들어 더는 다니지는 못했지만, 음악을 계속하려는 아이들은 어릴 때부터 대학 영재 프로그램을 다니는 것도 대학에 들어갈 때 큰 이점으로 작용할 수 있다.

7학년이 되면 주 단위 오케스트라(All State)라는 프로그램에 도전해야 한다. 내가 사는 메릴랜드주 오케스트라 단원이 되는 시험은 11월에 있다. 7학년부터 9학년까지는 주니어(Junior All State)라 하고 10학년부터 12학년까지는 시니어(Senior All State)라 부른다.

메릴랜드의 각 카운티 GT 오케스트라(메릴랜드에 카운티가 24개이다)에 소속된 모든 아이가 이 오디션에 참가하니 며칠에 걸쳐 메릴랜드 학생들의 음악 소리가 울려 퍼진다.

결과는 의외로 빠르게 학교 선생님에게 거의 일주일 만에 통보(공교롭게 땡스기빙에 발표된다)되고 아이들은 환호성과 함께 기쁨과 슬픔이 교차하며 그 결과는 학교나 카운티 오케스트라 자리에도 큰 영향을 미친다.

특히 제일 어린 7학년이 주니어 올스테이트에 합격하면 큰 이슈가 되기도 하는데 뽑히는 멤버가 100명 이내임을 고려하면 그럴 만하다. 정확한 숫자는 모르겠지만 적어도 경쟁률이 10 대 1은 되지 않을까 생각된다. 합격한다고 당장 무언가를 하는 건 아니고 다음 해 봄에 한 차례 3박 4일 합숙으로 전곡을 연습하고 마지막 날 모두가 보는 큰 무대에서 콘서트를 하고 마치는 일이 전부다.

전국에서 난다 긴다 하는 아이들이 모여 하루 10시간 이상을 음악에만 매달리고 음악 속에서 지내다 보면 아이들의 손목이 배겨낼 리 없다. 파스로 어깨며 손목을 감싸야 하고 에드빌 같은 진통제도 챙겨야 한다.

평소에 연습시간이 적은 아이들은 견디기 힘든 합숙이다. 합격과 동시에 두 파트로 구분되어 악보가 배달돼 오지만 정확한 자리는 그곳에 가서 오디션을 봐야 하니 합격과 동시에 힘든 자리싸움을 해야 한다. 이때 10등 안에 들면 동부, 즉 뉴욕이나

매사추세츠 등 다른 주들과 다시 한번 경쟁의 늪으로 들어가야
한다.

이렇게 어려운 길을 가는데 희한한 건 전체의 80% 이상이
아시안이고 음악으로 천재적인 아이들이지만 막상 대학에 갈
때는 음악을 전공하지는 않는다는 점이다. 맨 뒷자리에 앉아 잘
보이지도 않는 노랑머리가 결국은 음악으로 대학을 가는 모습
을 종종 볼 수 있는데 음악을 즐기며 천천히 나아가는 미국 아
이는 자리에 연연하지 않고 정말 음악을 하고자 하는 아이들이
기에 전공을 하는 것 같다. 그래서 성공한 유명한 세계적 음악
가는 모두 이쪽 사람들인가 보다. 머리가 좋은 것보다 즐기는
자를 따를 수는 없으니까.
그도 그렇지만 아시안들은 공부와 음악 둘 다 잘하면 분명
공부 쪽으로 기울기 마련이다. 그 어려운 올스테이트 1번에 앉
는 한국 아이도 결국은 의대 진학을 했고 바이올린으로 천재
소리를 들었는데도 하버드 일반과를 가는 모습을 보았다. 많은
아이가 음악을 그저 스펙을 위한 과정으로 여기기도 하지만 대
학 스펙이 거의 전공 수준이라는 것도 반드시 알아야 한다.

미국의 교육은 결과보다 과정이 중요하다. 미국은 어릴 때부

터 한 발 한 발 정확한 과정을 중요하게 여겨 대입 때도 하나의 활동을 몇 년 동안 했는지에 중점을 둔다.

큰아이 때는 그룹에 들어가는 것보다 어느 자리에 앉느냐가 큰 이슈였다. 대학을 가는 과정에서 이력을 써넣다 보니 몇 년 동안 같은 그룹에서 활동했는가만 중요했다. 특히, 운동에 관해서는 두 페이지 분량으로 자세한 이력을 요구하는 데 반해 음악은 단 몇 줄로 어필해야 하는 것에서부터 운동에 더 높은 점수를 준다는 걸 알았다. 미셸 위 같은 골퍼를 스탠퍼드에서 모셔 가듯 운동은 세계적으로도 이슈가 되므로 경쟁이 되는 듯하다.

그런 것도 모르고 왜 그리 자리에 목숨을 걸었는지 허탈했다. 올스테이트에 큰아이는 7학년부터 12학년까지 한 번도 자리를 놓쳐본 적이 없고 둘째 아이는 한두 번 고배를 마셨고 오늘 막내의 도전이 시작됐다. 꼬박 같은 장소에 10년째 방문이다.

막내가 얼떨결에 학교 오케스트라에서 첼로로 1번 자리에 앉게 되었다. 전혀 기대하지도 않았고 솔직히 관심이 없던 터라 그리 기쁜 일이 아니었건만 첫째 아이를 둔 부모들은 우리 아이가 의외의 자리를 앉게 되니 질투가 나는지 연신 좋겠다는 반응이다.

내년에는 다른 자리에 앉을 거고 열심히 연습하는 친구들이 당연히 좋은 자리에 앉아서 기쁨을 만끽해야 맞다. 다만 그들도 대학을 보내보면 알 것이다. 지금 나의 달관된 회심의 미소를.

1,200℃ 불가마

어릴 적 친구들의 장래 희망란의 제1순위는 선생님이었고, 한 번도 변치 않는 나의 꿈은 피아니스트였지만 사실 그 뜻이 정확히 뭔지 몰랐다. 피아니스트란 어렴풋이 피아노를 주야장천 옆에 끼고 피아노랑 죽을 때까지 같이 사는 정도?

피아노만 치며 산다는 건 아이들을 가르쳐야 계속할 수 있는 것. 평생 피아노만 치는 것에서, 그다음으로 생각이 드는 건 나를 가르치는 선생님만 봐왔으니 피아니스트란 바로 나의 피아노 선생님처럼 되는 것이다. 그렇다면 내 장래희망은 피아노 선생님이었나 보다.

큰아이가 유치원생이 되면서 동생이 태어났다. 동생을 데리고 유치원 놀이를 하다가 말한다.

"엄마! 난 커서 유치원 선생님 할래"

"그래"

큰아이가 초등학생이 되니 둘째는 유치원생이 되었다. 동생을 데리고 알파벳 놀이며 숫자 게임을 하다가 또 말한다.

"엄마! 난 커서 초등학교 선생님 될래"

"그래"

이젠 둘째 아이가 초등학생이 되니 셋째 아이가 유치원생이 되었다. 둘째는 셋째에게 칠판에 무언가를 써가며 가르치며 말한다.

"엄마 나 커서 유치원 선생님 할까?"

"그래…"

동서양을 막론하고 선생님을 직업으로 삼는 일을 어릴 적부터 꿈꾸고 동경하는 것 같다. 커가면서 꿈도 바뀌고 사회 흐름에 따라 직업군도 바뀌고 부모 강요나 주변 영향을 받아 희망란이 바뀌는 건 당연한데 선생님을 꿈꾸던 그 많은 어릴 적 친구들은 지금 과연 무얼 하고 있을까?

어릴 적 선생님의 위상은 실로 대단했다. 선생님 그림자도 밟으면 안 된다는 말을 듣고 자라서인지 선생님은 화장실도 안 가는 사람인 줄 알았다. 지금 아이들이 연예인을 보듯이 말이다. 때리면 왜 맞아야 하는지도 모르고 토 한 번 달지 못하고 아프지만 달게 맞고, 쉬는 시간에 어깨를 주무르라 하면 서로 해드리겠다고 순번을 정하기도 했다.

지금은 시대가 바뀌어 선생님께 대드는 일은 귀여움에 속하고 매 한 대가 아니라 엄하게 꾸짖는 말 한마디도 아이에게 상처가 된다 치면 학부모들 항의가 빗발치고 심지어 제자가 선생님을 폭행한다는 말도 있으니 기성세대로서는 이해할 수 없는 상황이 됐다.

우리 아이가 미국에 온 지 1년 만에 한국에 돌아가고 싶지 않고 미국에서 살고 싶다고 선언한 이유가 바로 선생님 때문이다. 아이가 처음 학교에 들어가 만난 선생님은 중년쯤 된 말씨가 단아하고 발음이 정확한 전형적인 미국 여선생님이었다. 그때만 해도 학교 전체에 우리 아이 포함, 딱 두 명이 한국 아이였는데 검은 머리에 영어 한마디도 못 하는 동양 아이가 얼마나 신기했을까?

영어 한마디 못하는 어린아이를 미국 공립학교에 내던지고 왔으니 마음이 편할 리가 없지만, 어찌할 도리는 없었다. 엄마도 영어가 안되니 누가 누굴 도와줄 수 있나?

도시락에는 도대체 뭘 넣어야 할지도 몰라 냄새가 날까 봐 한국 밥은 못 싸주고 아이가 좋아하는 것들만 싸주었더니 '왜 meal(한 끼 식사)을 안 싸주고 스낵만 싸 오는지 그러면 영양 불균형이 된다'라는 내용과 함께 Note를 받은 적도 있다.

어느 날엔 아이를 픽업하는데 아이 친구가 나를 보며, "Hi, Mrs. Kim?"이라고 해서 얼마나 놀랐는지 모른다. 새까맣게 어린 녀석이 어른한테 미세스 김이라니…

그래도 우리 아이가 동양 아이라 신기하기도 하고 궁금하기도 했는지 반 아이들은 자기들 집에 초대하기도 하고 우리 집에 놀러 오기도 했다. 박물관 같기도 한 집에도 가보았고 수영장은 기본이고 농구장이며 테니스 코트가 있는 영화에서나 볼 그림 같은 저택에도 가보았다.

그 친구들은 우리 집이 장난감 집처럼 재미있어 보였나 보다.

아파트라는 곳에서 살아본 적이 없어서인지 놀러 와서 하는 말이 "Your house is so cute" 집이 너무 귀엽단다. 그런 말을 듣고도 무슨 뜻인지도 모르는 듯 우리 아이는 기죽지 않고 친구들과 잘 어울렸으니 참으로 다행한 일인데, 난 그런 아이들의 친절함이 누구에게나 차별 없이 대하는 선생님에게서 온 게 아닌가 생각된다.

학교에서 돌아온 아이가 한국에 대해 배우는데 집에 뭔가가 있냐며 법석을 떨었다. 페이퍼를 읽어보니 담임 선생님이 보낸 건데 Social study(사회과목)에서 'South Korea'에 대해 배우기로 했으니 한국을 알릴 물건들을 보내 달라는 내용이었다.

선생님이 학생들에게 우리 아이의 나라를 알려주고 싶었던 것이다. 난 한국에서 가지고 온 태극기며 한복, 젓가락, 한국 돈, 한국 책 등 생각나는 모든 것들을 챙겼다. '한국이라는 나라가 강대국이었다면 이미 알고 있어서 이렇게까지 안 해도 되었을 텐데…' 하며 잠시 한국과 함께 작아졌고 한편으론 우리 아이를 위해서 있지도 않은 커리큘럼을 만들어 친구들에게 알려주려는 선생님의 정성에 감격했다.

학기가 시작되는 9월 첫날에는 부모들이 학교에서 보내온 두툼한 페이퍼에 사인을 하느라 바쁘다. 지금은 모든 걸 온라인으로 해결하지만, 우리 아이가 초등학교에 다니던 때에는 매년 같은 내용을 똑같이 작성하고 사인해야 했다.

아빠 엄마 동생 언니에 관한 내용에서부터 학교 Donation (기부) 금액, Volunteer(자원봉사)까지 두툼한 파일을 한 장 한 장 해석해서 아이와 함께 확인하고 중요한 일정들은 일일이 달력에 기록해 놓아야 1년 스케줄이 무난히 지나갈 수 있었다.

그중에 학교에서 필요로 하는 자원봉사가 뭘까가 관심사였다. 영어가 서툴고 셋째 아이가 생겨서 되도록 말을 적게 하는 일을 골라보니 일주일에 두 번, 두 시간씩 오전에 숙제를 해오면 해답을 보고 채점하는 일이 있었다.

책상 정리를 잘 못 하는 젊은 남자 선생님이어서 과목들 시험지들이 섞여 있거나, 그림 도구들이 어질러져 있어 교실에 들어가면 선생님 책상을 치워주는 게 주된 봉사였고 그다음이 채점이었다. 그리고 잡다한 일들로 두 시간을 채웠다. 그러는 동안 임신한 배가 점점 불러왔고 학기 마지막 즈음 봉사자들 모임에 만삭의 배로 참석했다.

간단한 다과와 티로 그동안 봉사자들의 노고를 위로해 주는 자리였는데, 선생님이 갑자기 나를 호명했다. 얼떨결에 일어나는 나에게 영어로 뭐라 뭐라 하는데 잘 알아듣지는 못했지만, 여러 가지 초콜릿과 양초가 들어간 반짝이는 투명 포장지에 리본이 묶인 선물 바구니를 주셨다.

편지 내용에 임신했음에도 한주도 빼지 않고 자기를 도와줬음에 감동했다는 말이었다. 하지만 난 거기에 모인 노랑머리 엄마들의 따가운 시선을 받아야 했다. 그곳에 그렇게 많은 시기와 질투의 눈초리가 있을 줄 진정 몰랐다. 겉으론 친절한 친구 엄마들이거나 눈인사라도 했던 학부모들이었으니까.

몇 년이 흐르고, 유치원부터 초등학교까지는 일 년에 한 번씩 선생님과 상담해야 해서 셋째 아이 유치원과 둘째의 초등학교 담임 선생님과 수학 선생님 상담을 차례로 끝내고 돌아서는데, 복도에서 미술 선생님을 만났다.

친절하게도 아이의 도자기 과제물을 보여주겠다며 미술 교실로 나를 데리고 갔다. 놀랍게도 미술 교실 안에는 1,200도까지 도자기를 구울 수 있는 전기가마가 구석에 있었다.

대학에서 2년 동안 도자기 수업을 받았던 적이 있는데, 도자기를 구울 때마다 이천에 가야 하는 일이 도자기를 만드는 일보다 고됐던 기억이 떠올랐다. 초등학교 교실 구석에 그 엄청난 화력의 가마가 있을 줄이야!

　엄마가 대단한 미술학도쯤으로 알고 있던 딸이 선생님께 마구 자랑거리를 늘어놓으니 선생님은 나를 덥석 물었다. 그 길로 난 선생님 제안을 받아들였다. 앞뒤 안 재는 성격대로 일주일에 두 번 미술수업에 들어가 선생님을 도와주기로 한 것.

　미술에 관한 모든 재료가 무료이고 일주일에 한 번 1시간씩 전교생이 미술 수업을 해야 한다. 무작위로 수업에 들어가니 전교 아이들을 만나 볼 수 있어서 무엇보다 좋았고 우리 아이들과 겹치는 날이라도 되면 엄마가 수업시간에 선생님으로 있으니 어깨가 으쓱해졌다.

　일주일에 1시간씩 하는 미술수업은 도자기를 비롯해 수채화나 만들기 등 학년에 맞는 수준의 커리큘럼으로 진행됐다. 중요한 건 모든 미술 재료가 무료라서 아이들은 미술에 관해서는 준비할 무언가가 하나도 없다는 점이었다.

　물론 2년 동안 봉사를 했으니 봉사자들 모임에 초대되는 건 당연했지만 이번엔 단호히 거절했다. 두 번 다시 그 차가운 무언의 눈초리를 겪고 싶지 않았다.

　미국 선생님이 되는 과정은 한국보다 쉬운듯하다. 한국에서 그렇게 어렵다는 사범대학을 어렵게 졸업하고 교생 실습 과정을 거치고 초봉도 그다지 높지 않다는데 미국은 4년제 대학을 나오기만 하면 충분하다.

4년 동안 필수 과목 안에 선생님으로서 이수해야 하는 과목이 들어있다는 말이다. 대신 Esol(영어에 미숙한 아이들을 위한 수업) 같은 특수 과목은 Tesol이라는 과목을 따로 이수해야 한다. 아는 분은 한국에서 4년제 대학을 나와 여기 대학원 시험인 GRE를 본 후 대학원에서 2년 동안 공부하고 Tesol을 이수하고 초등 공립학교에서 Esol 정규 선생님으로 일하고 있다.

학년을 거듭하며 유치원 선생님에서 대학교수님으로 바뀌었을 뿐 선생님이 되고 싶은 꿈은 바뀌지 않았는지 큰아이는 마침내 1년 계약직이었지만 그 꿈을 뉴욕 빈민가에서 7학년(한국의 중학교 1학년) 수학 선생님으로 실현했고 지금은 대학원생이 되었다. 대학교수의 꿈은 아직도 유효할는지.

만약 그 선생님처럼 미국에 처음 온 동양 아이에게 관심 있게 손을 잡아주지 않았다면, 우리 아이가 선생님이 되고 싶은 꿈을 꾸지 않았을 것이고 여러 선생님이 자국민에게 외국인보다 먼저 우선권을 줬다면 지금처럼 멋진 의사의 길을 포기했을

지도 모른다.

　아이 셋을 키우는 동안 참으로 다양한 선생님들을 만났다. 안용구 선생님을 비롯해 학교 선생님들, 골프, 댄스, 수영, 도서관 개인 선생님 그리고 지금의 첼로 선생님… 한 분 한 분 나열하기에도 벅차다. 그 자리에서 최선을 다해 사랑으로 우리 아이들에게 차별 없는 참교육을 실천해주신 모든 선생님께 머리 숙여 감사한다.

한국의 중2
미국의 중2

"아들, 이거 버리고 다른 거 가지고 다니면 안 될까?"

"No, 안돼요."

"버리자, 너무 심한 거 아니니? 진짜 찢어질 거 같아!"

"엄마, 전 이게 좋아요."

"아들, 왜 이러는데? 1달러도 안 하겠구먼…"

매일 아침 8학년(한국으로 중2) 아들과 이런 대화를 한다. 도대체 왜 이러는지 매일 묻고 대답하는 사이, 종이 파일은 점점 찢어지고 나달거려 테이프를 붙이다 붙이다 이젠 거의 형체를 알아볼 수 없을 만큼이 됐다.

이름만 파일이고 무늬는 그냥 찢어진 두꺼운 종이에 다른 종이들을 어찌어찌 끼워 넣고 살살 달래 가며 가방에 입성시키는 꼴이 되었다. 이런 게 중2의 반란인가?

아이폰 11이 새로 나왔다는 걸 한국 친구의 아들 때문에 듣게 되었다. 가격은 물론 특이 사항까지 자세히 알게 된 건 중학교 다니는 그 아들이 신형 아이폰을 사달라며 공방전이 벌어지면서 마침내 아이가 원하는 모델에 원하는 색깔을 샀다는 사연 때문이었다.

그 비싼 신형을 사주려고 오랫동안 모아놓은 비자금이 탈탈 털렸건만 정작 아이는 친구들에게 자랑 한 번 하는 것으로 끝이었다며 허망하다는 넋두리였다. 아들에게 물었다.

"아들, 아이폰 11 나왔다며?"
"네, 들었어요."
"너도 바꾸고 싶지 않니?"
"No, 지금 가지고 있는 거랑 다른 게 별로 없어요. 크기만 조금 커졌어요."
"그래? 그래도 신형이라 좋잖아. 다른 애들도 바꾸지 않았어?"

"아니요, 모두 쓰던 거 쓰고 있어요. 왜요?"

되려 왜 그런 걸 묻냐는 듯 반문한다. 내 아이만 그런 게 아니다. 도대체 여기 아이들은 남들 눈에 띄는 걸 극도로 싫어하는 듯하다.

학교 앞에서 픽업할 때 좋은 차를 가지고 가면 칠색 팔색을 한다. 친구들이 부러운 듯 쳐다보며 그런 차가 없는 친구들은 어떡하냐며 조금이라도 남들보다 튀어 보이는 게 싫다 한다.

새롭거나 색다른 옷도 싫어하고 조금이라도 불편한 것들을 정말이지 불편해서 매일 같은 옷과 같은 가방에 뭐든 변하지 않는 똑같은 것만 고집한다. 실제로 옷이 몇 개 없고 다 떨어진 신발 하나만 신는다.

중2인 내 아들은 하나에 꽂히면 그것만 고집해, 먹는 것도 피키(Picky, 음식이나 뭔가에 까다로울 때 미국에선 흔하게 쓰는 말이다)하고 강해지는 자기애를 마치 자신을 찾아가는 첫 관문으로 삼고 있는 듯하다.

댄스에 취미를 보이며 힙합 음악을 들어도 내가 대학교 때 들었던 올드 팝송을 일부러 찾아 옛날 음악을 아빠와 신나게 듣기 좋아하고 내가 중, 고등학교 때 처음 등장한 패트릭스 게임을 어디선가 구해서 재밌다며 지금 봐도 느린 게임을 느리다며 좋아하고 디지털보다는 아날로그 시계를 더 선호하는가 하면 지금도 누나와 포켓몬 게임과 포켓몬 캐릭터를 가지고 수다 삼매경에 빠지는 걸 보면 애어른처럼 그저 신기하다.

학교에서 돌아오는 시간이 3시, 부재한 엄마를 강아지 동생과 레슬링으로 대체하며 한참을 놀다가 5시쯤 퇴근해 돌아온 나와 짧게 재회한 뒤 저녁을 먹고 나서 아이의 개인 스케줄이 시작된다.

첼로를 켜고 좋아하는 춤을 땀이 흠뻑 나도록 추고 샤워한 후 친구들과 화상으로 게임 하고 책상에 앉는 시간이 9시 즈음. 그때부터 숙제하고 11시쯤 잠자리에 든다. 하지만 시험이 있는 날은 언제 잠자리에 드는지 엄마인 나도 잘 모른다. 새벽 두 시나 세 시에 자는 날도 있다고 말하지만 구태여 묻지는 않는다. 이렇게 말하면 무관심으로 들리겠지만 난 자립심이라 말한다. 어디까지나 아이 일이니까. 이게 우리 집 중2 모습이다.

한국에서는 절대 전쟁이 나지 않는다는 말을 듣고 한참을 웃었다. 중2를 그들도 무서워한다고… 가장 무서운 병이 중2병이라는 둥 거리에서 중2를 만나면 피해 가야 한다는 둥 아무리 힘들어도 중2만 넘기면 된다고도 하고, 한마디로 도대체 중2가 뭐길래?

생각해보면 중2는 사춘기의 시작점이다. 여기서도 마찬가지일 것이다. 세계적으로 무서운 사춘기의 반열이 나라가 다르다고 그 생리가 다를까마는 나라마다 느끼는 사춘기의 온도는 차이가 날 것이다.

난 그 다른 온도가 교육환경에서 비롯된다고 느낀다. 미국은 한국에서는 생각지 못하는 철저한 성적별 단계 교육을 모두가 기꺼이 받아들인다. 우열반으로 나눈 차등 교육이라고 생각하면 쉬운데 우와 열만 있는 게 아니고 세밀하게 조직적으로 나누어 같은 나이에 맞는 일률적인 교육이 아닌 성적에 맞게 교육함으로써 나이는 달라도 비슷한 수준의 아이들과 함께 공부한다. 특별한 열등의식 없이 모두가 행복할 수 있다.

특히, 수학 같은 경우는 총 7단계로 개개인 수준에 맞는 단계를 철저한 테스트로 분리하고 맞춤형 교육을 함으로써 공부에 뜻이 있는 아이들은 높은 단계의 반에서 열의를 다한다.

미술이나 다른 공부에서도 3, 4단계로 나뉘어 각자 위치에서 열심히 한다. 그래서 어느 반에 있든 각자 좋아하는 파트에서 행복을 느끼게 되어 경쟁이 심하지 않다.

대륙 기질이 있어서인지 다른 나라에 피해를 보지 않아 열등의식이 없어서인지 모르겠지만, 공부만 잘난 게 아니고 자기가 좋아하는 다른 걸 모두가 인정해주고 응원해주는 사회가 한국과 확연히 다른 점이라 할 수 있다.

아마 한국에서 이렇게 차등을 두어 수업한다고 하면 학교와 학부모 사이의 비리로 모두가 데모하다 쓰러질지도 모른다.

미국 교육은 노예제도를 거슬러 올라가면 조선의 신분제도와 비슷해 교육 기회조차 없었지만, 굳이 대학 교육을 받지 않고 고등학교 정도의 교육만으로도 비슷한 수준으로 살 환경을 복지 차원에서 지원해줌으로써 고학력 교육의 심각성과 공부하지 않고선 살기 힘든 한국 같은 환경이 만들어지지 않았다는 점이 다르다고 할 수 있다.

고학력이어야 살 수 있는 한국은 중학교도 아닌 초등학교 때부터 공부만이 살길인 것처럼 공부에 흥미가 없는 꼴찌에서부터 댄스에 관심 있는 댄스 천재까지 전교생 누구나 오로지 공부에만 매달리고 공부가 아니면 다른 길은 전혀 없다는 듯 하나의 길만을 간다. 길은 하나요 가는 사람은 가득 메우고도 넘쳐나 도저히 같이 갈 수 없는데도 어른들은 그 길로만 밀어 넣어 그나마도 모든 게 부정적인 사춘기 청소년들은 어떻게 되겠는가?

　학교 공부뿐 아니라 학원 공부로 여가가 전혀 없고 좋아하는 음악, 댄스, 운동은커녕 마음껏 게임도 못 하고 그저 새벽까지 공부에만 매달려야 하는 혈기왕성한 사춘기 아이들에게 자유가 없으니 그저 친구끼리 영상통화로 같이 있는 듯한 착각으로 산다니 얼마나 안타까운 현실인가?
　그나마 이런 친구라도 있어 대화할 시간이라도 있으면 다행이다. 대부분은 억눌린 욕구를 분출할 곳이 없어 부모와 가족에게 나아가 사회에 무음으로 소리치는 반항집단이 되어버렸다. 하고 싶지 않은 걸 억지로 하는 것만큼 억지스러운 게 없는데 중2가 한국에서 무서운 병이 되는 건 어쩌면 당연하다.

　과부하에 걸려 어디로도 갈 수 없는 힘없는 양들이 할 수 있는 건 땅을 치고 소리치며 성내며 울 수밖에 없지 않을까?
　아이는 성내며 무조건 떼쓰고 부모는 자식이 공부만 할 수 있다면 뭐든 받아줘 부모를 대하는 태도도 볼썽사나워지는 돌고 도는 악순환이 된다.
　무서운 중2병은 부모와 사회가 만들어낸 신종 희소병이며 반드시 퇴치해야 한다. 중2병이 고3병을 만들고 나아가 성인이 되어서도 사회에 부적응자가 되고 부모가 되어 또 그 자식은 더 무서운 중2병이 될 것이 분명하다.

미국은 공부하려는 아이, 음악을 좋아하는 아이, 미술에 소질이 있는 아이, 책 읽기를 좋아하고 게임을 좋아하고 하다못해 동물을 좋아하는 아이라는 타이틀을 줘서라도 나름대로 다양성과 독창성에 의미를 부여하고 칭찬한다. 공부만 잘하는 사회가 아니라 사회에 이바지할 줄 아는 사람을 칭찬하고 좋아하는 사회이다. 모두 그 자리에서 행복한 까닭이다. 풋볼을 잘하고 축구를 잘하고 노래를 잘하고 춤을 잘 추는 아이는 부러움의 대상이 되지만 공부만 잘하는 아이는 누구의 관심도 받지 못한다.

만약 우리 아이들이 한국에서 교육을 받았다면 지금처럼 자유롭게 공부하는 법을 알지 못해 아마도 부모와 사회를 부정하며 그 누구보다 심한 중2병을 앓았을 것이고 고3의 위대한 공주가 되어 물불 못 가리는 갑질 학생이 되었을 것을 우리 아이들까지 알고 있다.

지금 내 아들은, 중2 정확히 사춘기 반열에 올라 얼굴에 보송하게 솜털이 나고 팔다리에 제법 굵은 털들이 자라고 목소리는 거의 중저음으로 누나들 사랑을 한 몸에 받고 있다.

아직은 여자 친구의 '여' 자도 입에 올리기 쑥스러워하고 가끔은 엄마를 자기가 챙겨야 하는 여자로 보는 행동을 한다. 무거운 마트 백을 들라치면 심하게 손사래 치며 자기가 한다며 낑낑대지만 당당하게 들고 들어갈 때면 당황스럽다. '이렇게나 컸구나! 나를 챙겨야 한다고 생각하는 나이만큼 크다니…'

그렇지만 이번 겨울 방학이 끝나면 제발 저 나달거리는 종이 파일을 새로운 파일로 바꾸길 간절히 바란다. 이 또한 관심병이다. 나달거리는 파일이 좋고 다 해진 운동화가 좋다는 아들을 왜 매일 상관하는지 모르겠다.

언젠가는 찢어져 없어지고 결국엔 새것으로 바꿔 끼면 그뿐인걸. 중2가 지나가길 조용히 기다리기만 하면 될 일이다.

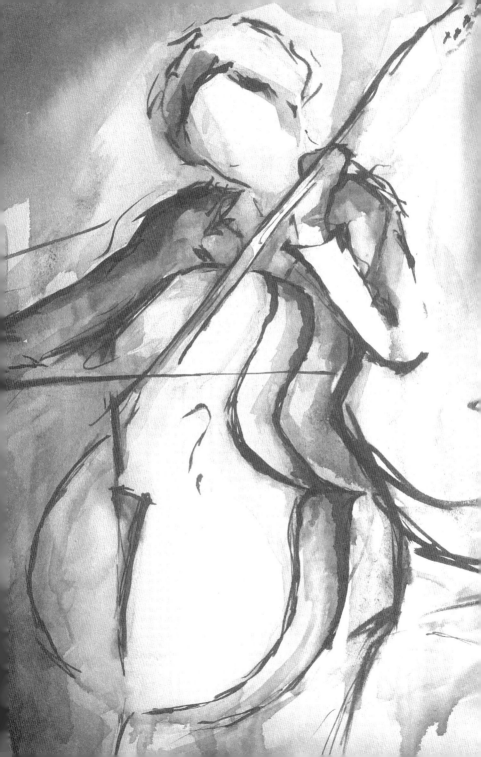

$$\text{프람 파티}^{\text{Prom Party}}$$

11학년(한국으로 치면 고2) 3학기가 끝나 갈 때쯤 딸의 비명이 들렸다. 거의 뛸 듯이 소리치며 내방으로 뛰어 들어왔다. 하버드라도 합격해야만 나올 법한 놀람이었다.

"엄마! 나 데이트 신청받았어."

"누군데?"

"이번에 졸업하는 Navy academy에 합격한 그, 그, 알잖아!"

"아! 그 친구."

해마다 학교에서 개최하는 고등학생 파티가 있는데, 학년 초 전교생이 참여할 수 있는 '홈커밍 파티'부터 12학년만을 위한 일종의 졸업생을 위한 '프람 파티'까지 다양하고도 다채로운 파티를 학교에서 주관한다.

대학교에 진학하는 학생들이 많지 않아서 학교에서의 추억은 고등학교가 마지막이라 프람 파티가 학교에서는 중요한 행사 중 하나다. 그래서 프람 파티 같은 경우는 결혼식에서나 볼만한 거대한 행사로 합동결혼식을 관람한다고 생각하면 딱 맞다.

남자에게서 데이트 신청을 받아야 그 행사에 참석할 수 있는데도 여자아이들은 온통 몇 개월 전부터 프람에 필요한 드레스며 구두며 액세서리 등에 집중한다. 가장 멋진 드레스를 구해서로 먼저 SNS에 올림으로써 다른 친구들과 겹치는 걸 방지한다. 파티에 똑같은 드레스를 입는다면 서로 비교가 되어 곤란하니까.

홈커밍 드레스와 프람 드레스의 차이는 분명히 있다. 홈커밍은 9학년에서 12학년까지 참석할 수는 있지만 주로 9, 10학년의 어린 학생들이 학기 초에 가는 파티이므로 드레스 길이가 짧고 살짝 귀여운 반면, 프람은 12학년만을 위한 파티이므로 조금 성숙한, 거의 웨딩드레스 수준으로 길고 화려하다.

남의 딸들은 남자 친구도 수시로 바뀌고 인기도 많더구먼, 우리 아이는 초콜릿 하나도 못 받는 듯해서 공부에 집중해야 할 때니 잘됐다 싶다가도 은근 걱정되긴 했는데, 자기가 그토록 바라던 남자(알고 보니 한 학년 높은 오빠)에게 프람 데이트 신청을 받으니 그렇게도 좋았나 보다. 진짜 대학 합격했을 때보다 더 좋아했지만, 나중엔 그런 적 없다며… 본격적인 프람 준비에 돌입했다.

요즘엔 한국도 많이 바뀌어서 결혼 전에 여러 벌의 드레스를 갈아입으며 결혼사진 촬영을 하고 결혼식 당일에도 예식장 드레스 따로 피로연 드레스 따로 입는 디자인이 다양해져 몸에 맞고 자기에게 제일 잘 어울리는 드레스를 고르는 안목이 높아졌지만, 내가 결혼한 25년 전만 해도 드레스라는 걸 보는 것도 처음이지만 몇 개 안 되는 디자인에서 한두 벌 입어보고 선택해서 그 한 벌로 결혼식 모든 행사를 치러야 했다.

야외 촬영도 결혼식장에서도 피로연에서도 한번 결정하면 검은 머리가 파뿌리 될 때까지 변함없이 가야 한다는 무언의 결혼 서약을 이행하라는 암시처럼 드레스도 딱 한 벌로 끝이 났었다. 참 재미없었다.

반짝이는 금색 드레스를 입을까? 강렬한 빨간 드레스를 입을까? 아니면 파랗고 허리가 깊게 파진 드레스를 입을까? 하루에도 열두 번 공작새처럼 바꾸더니 스파클이 여기저기 박히고 가슴이 깊게 파인 허리 잘록한 하얀 드레스로 결정했다.

남자애도 검정 턱시도에 베스트(조끼)로 커플임을 알려주는 하얀색으로 맞추고 하얀색과 핑크가 살짝 섞인 장미꽃을 예약하고 굽이 높은 웨딩 구두와 심플한 장신구를 준비했다. 그러는 동안 Navy는 트렁크 가득 풍선과 꽃다발과 플래카드를 가지고 와 아이에게 근사한 프러포즈를 했다.

그토록 좋아하는 사람한테 그렇게 멋진 프러포즈를 받았으니 딸은 우리 집에서 파티를 열자며 설득했고 난 승낙해야만 했다.

적어도 40~50명의 손님을 치러야 하니 일단 집안을 정리해야 했다. 다행히 음식은 여러 사람이 나누어 하나씩 가져오기로 해서 간단한 디저트나 음료수를 준비해도 되지만, 돈과 시간이 많이 드는 건 역시 드레스 사진을 찍어야 하는 집 밖 정원이다.

초봄에 열리는 파티라 정원 관리할 때가 아니지만 꽃도 미리 사서 심어야 하고 Mulch(거름)도 이쁜 색으로 나무 아래에 얹어야 하고 잔디도 말끔히 깎아야 하고 덱 청소도 깨끗이 해야 했다. 집에서 자식 결혼식을 준비하는 친정엄마가 된 듯 하객을 치르는 격이었으니 만약 미리 알았다면 절대 할 수 없는 일이었다. 역시 무식하면 용감하다.

 드디어 프람 파티 날. 꼭두새벽부터 여자아이들이 몰려왔다. 형형색색 화려한 드레스를 높이 쳐들고 이제 막 일어난 부스스한 얼굴로 한 명씩 인사하더니 선룸으로 들어가 수다 삼매경에 빠졌다.
 이어 헤어와 메이크업을 담당하는 여자가 등장하고 선룸이 금세 모델 쇼룸 무대의 뒤 장면을 연상하게 하는 피팅룸으로 변했다. 한 명씩 그 여자에게 얼굴을 갖다 대기만 하면 거짓말처럼 그 앳된 조막만 한 얼굴의 여자애들이 순식간에 화려하기도 도도하기도 사랑스럽기도 한 천사의 얼굴로 바뀌어 가고, 거기에 드레스를 입으니 눈부신 자태가 뿜어져 나왔다. 도저히 고등학생의 모습이라고 볼 수 없었다. 곧바로 결혼식을 올려도 될 법했다.
 선룸은 무대 뒤 엉클어지고 바삐 뛰어다니는 모델들의 화려한 워킹 전 모습처럼 그야말로 북새통이었다.

 언제 그랬냐 싶게 데이트 상대들이 나타나니 한 커플씩 앞마당의 장미 넝쿨이 쳐진 아치에서 줄지어 서로의 꽃 교환식에 열을 올렸다. '자, 손을 내밀고! 잠깐! 그래, 그래 그다음! 가슴에

꽃을 꽂고! 아니 그쪽에 꽂으면 안 되고! 드레스가 밟히잖아, 조심해야지!'

글쎄, 꽃을 집에 두고 몸만 덜렁 와서 여자 파트너의 눈총을 심히 받은 남자애도, 구두 굽이 부러져 그렇지 않아도 작은 키가 더 작아졌다며 울상인 여자애도, 가슴 포켓에 꽃을 달아야 하는데 옷핀에 가슴을 찔려서 피는 나지만 입술만 씰룩거리는 귀여운 남자애도 있었다.

여기저기서 서로 웨딩(?) 사진을 찍느라 정신이 없었다. 말이 40명이지 부모들과 친구들 동생들까지 합하면 한 100여 명이 앞마당 뒷마당을 에워쌌고 주인공들의 부모나 친구들 차량까지 줄줄이 주차돼 있으니 조용했던 동네 사람들은 영화 촬영을 하나 여길 것만 같았다.

단체 사진을 찍었다. 40여 명이 줄지어 늘어서도 찍고, 여자들이 똑같이 한쪽 다리만 옆으로 올리고도 찍고, 각 파트너와 부둥켜안고 서로 뽐내며 찍고, 코믹하게 007 모습도, 남자가 뒤에서 여자 허리를 잡기도 하고, 덱 위에서 아래를 내려보며 환호하는 모습도….

그렇게나 행복한 모습들로 고등학교의 추억을 만들어 간다는 게 그저 부러운 날이었다. 그토록 나무들 뒤치다꺼리에 투덜

거렸던 그 집이 한없이 사랑스럽고 자랑스러울 수 없던 날이기도 했다.

모든 촬영이 끝나고 덱 위에 기다란 간이 테이블 위로 식탁보가 깔렸다. 하나씩 준비해온 음식들을 뷔페식으로 놓고 주인공들과 가족들이 함께 식사를 즐겼다.

정말 웃긴 건 우리 아이 파트너의 행동인데, 딱 사위의 역할이었다고 할까. Navy Academy(해군사관학교)에 들어가기란 하늘의 별 따기라고 한다. 미국의 50개 주 중 한주에서 5명 이상을 입학시키지 않기 때문에 주지사에서부터 각종 주 정부의 검증이 필요한, 공부도 잘해야 하고 체력도 좋아야 하는 그야말로 지덕체가 골고루 갖춰진 아이만이 합격할 수 있는 어찌 보면 하버드 가기보다 어려운 곳이 그 악명 높은 학교다.

다행히 해군사관학교(메릴랜드주도 아나폴리스에 위치함)가 우리 집에서 가까운 곳에 있어서 우리에게는 친숙한 곳으로 한국에서 오는 분들께 백악관 다음으로 구경시켜줄 수 있는 관광명소다.

그런 어렵고도 멋진 학교에 합격했으니 아이는 물론 부모님도 어깨가 으쓱할 때였는데, 자기 파트너 집에서 파티를 하니 Navy의 목소리가 클 수밖에. 모든 상황을 자기 집인 양 진두지휘했다. Navy의 부모님과 우리도 서로 상견례(?)를 이미 한 사이라 손님 접대하기에 여념 없이 서로 웃으며 음식을 날랐다.

즐겁게 와자지껄한 식사도 마치고 본격적인 프람 파티 장소로 이동했다. 벌써 큰길에는 까만 대형 캐딜락 리무진이 위용을 자랑하며 줄지어 서 있었다. 거리에서 한두 번 보긴 했지만 그렇게나 길고 큰 대형 리무진을 본 건 처음이었다.

리무진을 운전하는 드라이버는 보디가드처럼 멋지게 까만 선글라스에 까만 슈트를 입고 차 문을 열어둔 채 대기하고 있었다. 살짝 들여다보니 한 대에 5쌍씩 앉는데 양옆으로 길게 의자가 있고 가운데에는 긴 테이블이 놓여 있으며 은은한 불빛이 켜진 채 마이크도 보였다. 아마 이동하면서 재미있는 시간을 보내라는 의미인 것 같았다.

아이들이 차에 들어가는데도 대형 리무진을 배경으로 톱스타가 레드카펫을 밟고 손을 흔들며 탑승하는 모습을 사진사들이 플래시를 터트리며 찍는 것 같았다. 그렇게 리무진은 미끄러지듯 서서히 빠져나갔다. 우리 또한 유명한 톱스타를 아쉽게 보내는 듯 연신 손을 흔들어주고 부모들도 땡큐 땡큐 하며 한 대씩 사라졌다.

여기에선 고등학생들이 이러고 논다. 나나 남편이나 여기에서 학창 시절을 보내지 않았고 그 누구도 내게 이런 파티에 관해 말해주지 않았다.

최고로 암울했던 고등학교 학창 시절이 겹쳤다. 파티는커녕 집에 들어오면 두꺼운 커튼을 내리고 침대에만 웅크리고 있던 작은방에서 미래도 없고 꿈도 꿀 수 없던 외톨박이였다.

동병상련이라고 자기 성격이 모났다며 '모나'라고 불러주기를 원했던, 나처럼 부모의 관심 밖으로 밀려난 나만큼 키가 크고 마른 친구, 화장실 세면대에 물기가 묻는 걸 극도로 싫어해서 주방 싱크대에서 손을 씻어야만 하는 새엄마를 둔 외로운 친구와 그런대로 우리만의 세상 속에 안주하며 힘겨운 고등학교 생활을 마쳤다.

그때쯤, 지금도 그렇지만, 보통은 아침에, 파티를 준비하는 집에 아이를 데려다만 주고 아이가 돌아왔을 때 사진으로만 그날을 접하니 어찌 이 많은 뒷무대의 분주함을 알 수 있을까? 적극적이고 활동적인 딸이 아니었으면 정지화면만 보고 말았을 테니까. 그런데…

새벽에 우리 아이와 Navy가 탄 차가 들어오는 소리가 들렸다. Navy가 친절하게 데려다주고 갔는데 얼굴색이 좋지 않은 딸은 곧바로 자기 방으로 들어가 버렸다. '어라, 무슨 일이지? 난리

나게 파티를 해줬더니 얼굴이 왜 저래? 무슨 일 있나?'

그날 새벽 아무런 물음도 대답도 없었지만, 그다음 날 헤어졌다는 말만 하고선 아주 오랫동안 입을 닫았다. 아직도 헤어진 이유는 듣지 못했다. 그 뒤로도 Navy의 부모는 전화를 걸어와 사관학교 생활이 힘드니 전화나 편지 한 통이라도 해주면 안 되겠냐며 물었지만, 우리 아이는 꿈쩍도 안 했다. 참으로 어이없이 독한 딸이다.

첫아이의 프람 파티는 허탈하게 끝났지만, 그 뒤로도 둘째 딸의 대형 파티를 해야 했다. 설마 셋째도? 남자아이인데 예쁜 여자 집에서 하겠지. 그래도 무섭다.

High Speed Ticket

임신 주 수가 얼마 안 된 임산부가 그래도 영어 공부를 하겠다며 무료로 영어교실을 운영하는 미국 교회로, 집에서는 꽤 먼 거리를 2차선 도로로 운전하던 중이었다.

앞차가 너무 더디게 가는 통에 마음이 급해져 그 차가 옆으로 가길래 난 이때다 싶어 속력을 냈다. 아차! 갓길에 주차하고 있던 검은 승용차가 갑자기 경찰차로 변신하더니 엄청난 사이렌 소리와 함께 번쩍이며 윙윙 돌아가는 네온사인을 켜며 따라왔다.

속도를 줄이고 천천히 갓길에 차를 세웠다. 내 차 뒤로 경찰차를 가장한 검은 승용차가 섰다.

그렇게 20분쯤 그 자리에 서 있었다. 처음엔 다리가 후들거리고 속도 입덧으로 메스껍고 등줄기에 땀이 났지만, 시간이 지나니 점점 화가 치밀어 올랐다. 말이 20여 분이지 일 분 일 분 지나는데도 경찰이 내리지도 않고 와서 묻지도 않으니 잘못 서 있는 건 아닌지, 나가야 하는 건지 걱정되다가 또 시간이 지나니 '에이! 뭔 경찰이 저래? 뭘 하겠다는 거야?' 같은 오만가지 생각이 고개를 들었다. 드디어 진 푸른 경찰복에 멋진 카우보이 모자에 선글라스를 낀 경찰이 느릿느릿 내 차로 다가와 창문을 내리라 손짓했다.

"Give me your drive Licence, please!"
여기까진 알아듣고 내 자동차 면허증을 주었다. 하지만 그다음이 문제였다.
"Show me the your car registration, certification…" 헐, 못 알아들었다. 도대체 뭘 달라는거야? 안전벨트를 풀고 이것저것 찾으려는데,
"Don't move!" 움직이지 말라고? 그럼 어쩌라는 거야!

나중에 알았다. 일단 경찰차든 경찰을 가장한 벤이나 심지어 빨간 스포츠카든 사이렌을 울리며 뒤에서 따라오면, 갓길에 차를 세우고 경찰이 차 안에서 잡은 차의 기록을 조사하는 동안 인내심을 가지고 최소한 20~30분 이상을 기다려야 한다.

경찰이 차로 오면 창문만 내리고 면허증과 자동차 등록증을 제시해야 하는데 일부러 주지 않으려고 영어를 못 알아듣는 척한 줄 알았던 것이다. 자동차 등록증을 주지 않아 괘씸죄가 추가됐다. '정말 못 알아들은 건데…'

또 20~30분 이상 기다려 티켓을 받아야 한다. 그러는 도중에 혹시 경찰로서는 운전자가 권총을 소지하고 있을지 모르니 손을 움직이거나 안전벨트를 빼는 행위는 절대 하면 안 된다. 그런 행위는 어떠한 결과를 초래할지 아무도 장담할 수 없다. 경찰의 절대 권력이 지배하는 나라라는 게 뼈저리게 느껴졌다.

미국 경찰의 위상은 대단하다. 우선 국가 차원의 보상제도가 많다. 집을 살 때도 은행이자가 낮고 차를 살 때도 이익을 주며 일반 주차장마다 지정 자리가 따로 있을 정도다. 의료보험 혜택에서부터 은퇴연금까지 경찰 되기가 어려운 만큼 보상이 크다. 우리 집 바로 뒤에 경찰 훈련소가 있어서 여름엔 매일 새벽 웃통을 벗고 개들과 함께 줄지어 뛰는 모습을 보는데 가끔 총소리에 깜짝깜짝 놀라긴 하지만 치안 차원에서 참을만하다.

나라 차원에서 군인이나 경찰을 높이 대우해서인지 미국인들도 그들을 누구보다 높이 인정해서 비행기 일등석도 양보한다는 말까지 있다. 며칠 전에 스타벅스 중앙 테이블에 경찰복과 사복을 입은 몇 명이 둘러앉아 큰 소리로 떠들며 장시간이 걸리는 체스게임을 하고 있는데, 옆에 앉은 일반 사람들은 웃으며 그 모습을 쳐다만 보고 있지 얼굴 하나 찡그리는 사람이 없었다.

일단 경찰과 눈이라도 마주치면 앞에선 웃지만, 마음은 긴장하지 않을 수 없다. 우리네 주먹깨나 쓰는 기도(?) 수준으로 문신을 한 근육질 팔을 훤히 드러내도 그러려니 하는 걸 보면 경찰이 아니라 대놓고 권력을 휘두르는 미안하지만, 우리나라 일부 국회의원 모습 이상인 것 같다.

반대로 한국은 경찰을 '짭새'라 칭하며 경찰이 자기들 옆집에 사는 깐깐한 이웃 정도로 생각하는데, 그들은 법을 집행하고 국가를 지켜주는 목숨을 담보한 정의로운 사람이라는 걸 잊고 있는 것 같다.

과속으로 경찰에게 잡히면 뛰어나와 왜 나만 잡냐며 억울해서 다른 차도 같이 잡으라고 멱살을 잡는 모습을 본 적이 있고, 어린 녀석이 어른한테 대든다며 어린 경찰에게 야단치는 어른답지 못한 어른도 보았다.

엄청난 대우를 받는 미국 경찰이 지키는 치안은 엉망이지만 땅에 떨어진 한국 경찰이 지키는 치안은 범인 검거율 90% 이상이라는 안전제일 국가로의 명예를 안고 있으니 이런 아이러니가 따로 없다.

자동차 등록증도 주지 않는 괘씸죄로 150달러의 벌금과 벌점 2점을 얻어맞았다. 문제는 벌점이었다.

일 년에 7점 이상의 벌점을 받으면 면허가 취소되고 벌점이 낮더라도 그에 상응해 보험료가 올라 억울하면, 법원에 출두해서 판사 앞에서 자기변호를 하고 판사가 변호를 인정하면 벌점을 깎아준다. 벌칙을 인정하면 법원에 가지 않고 벌금도 내고 벌점도 받으면 된다. 그래도 일단 법원에 가면 판사가 최소한 벌점을 깎아준다는 말이 상식처럼 되어있다.

지금 같으면 7점 이하면 그냥 벌금도 내고 벌점도 받으면 끝인데 그때는 모든 게 무섭고 어려웠다. 배는 점점 불러오고 눈이 천재지변 수준으로 내려 티켓을 받은 꼭 4달 만에 법원에

갔다.

영어 울렁증에 영어를 잘하는 이웃과 동행했다. 한국의 법원에도 가본 적 없는데 미국까지 와서 이까짓 스피드 티켓 하나로 이런 무시무시한 곳을 오다니 억울하기도 했다. 그런데 어쩌랴, 미국법이 그렇다는데.

코트는 여러 개였다. 천천히 찾아보니 Room3 문 앞에 30여 명 중 맨 끝에 내 이름이 적혀 있었다. 먼저 호명되는 사람들이 어떻게 하는지 봐야 하니 잘됐다 싶어 맨 뒤쪽 자리에 조용히 들어가 앉고 나랑 같이 온, 통역해줄 이웃은 잠깐 화장실에 갔다.

방에 들어가 보니 삼삼오오 짝지어 앉아있고 양옆으론 경찰들이 서 있다. 곧 판사가 들어오고 모두가 일어났다가 다시 앉았다. 판사가 모두에게 웃으며 길게 얘기를 했다. 앉아있는 사람들도 따라 웃고…

내가 알아듣기엔 다들 벌점 때문에 온 거니까 모두에게 벌점을 깎아주겠다 하니 좋아서 같이 웃는 정도? 여기까진 이해했는데 그다음이 문제였다. 같이 웃다가 갑자기 큰소리로 이름을 부른다.

"Jina Kim!" 어? 내 이름인데 똑같은 이름이 또 있나? 내가 두리번거렸다. 다들 두리번거렸다 또다시,

"Jina Kim!"

진짜 내 이름이다. 벌떡 일어나 엉겁결에 앞으로 나갔다. 머리가 하얘졌다. 난 한국말로 말하고 이웃이 영어로 제대로 통역해줘야 하는데 뭐라고 말해야 할까?

이곳은 얼렁뚱땅 알아듣고 대충 얘기해도 되는 학교가 아닌 법을 집행하는 곳이고 잘못 알아들어서 또 괘씸죄를 받으면 큰일이다. 별의별 생각을 다 하며 선서하는 마이크 앞으로 나갔다.

"Your name, Please!"
"Jina Kim"
"Your address, Please!"

다행히 단답형으로 형식적인 호구조사를 하더니 죄를 인정하냐고 물었다. 원래는 변명할 거리 몇 가지를 준비해 갔었다.

4개월이 지난 불룩한 배를 빌미 삼아 티켓 받는 날 입덧이 심했다, 앞차를 따라가다 그 차가 옆으로 빠지길래 속력을 낸

거다, 등등 벌점도 깎고 벌금도 낮출 요량이었는데 그냥 죄를 인정한다고 "Yes"를 해버렸다.

판사가 말하고 여러 사람이 같이 웃었던 건 여기에 온 모든 사람에게 벌점을 무조건 없애주겠다고 한 데다가, 오늘은 특별히 호명 순서를 거꾸로 한다고 해서 재미있는 발상이었던 이유다. 순전히 판사 마음인가 보다.

난 그 자리에서 변명 한마디 못하고 벌점 없는 벌금을 내고 나왔다. 거북했던 체증은 쑥 내려갔지만, 언어장벽의 답답함은 씁쓸한 가을 기분이었다. 노랗고 붉은 낙엽이 너무들 아름답다고 말하지만, 나뭇가지에서 어쩔 수 없이 떨어져 나가 마른 거리에 내동댕이쳐진 버려진 낙엽의 심정이랄까?

그 뒤로도 티켓을 몇 번 받긴 했지만, 법원을 가진 않았다. 법정에 한 번 서본 뒤로는 의식적으로 속도를 줄이는 습관이 든건 확실하다. 한국에서는 운전대만 잡으면 마음이 무의식적으로 긴장하고 손과 발이 바빠졌다. 그야말로 빨리빨리 서두르지 않으면 교통체증에 걸리기 때문이다.
이제는 경찰에게 걸려도 한 번만 봐달라는 말도 하고 벌금과 벌점을 낮춰달라는 이야기도 할 수 있다. 적어도 괘씸죄가 뭔지는 아니까. 하지만 지금도 경찰차가 옆에 혹은 뒤에 따라오면 '혹시 나?'라며 살짝 긴장한다. 무슨 대단한 범죄자도 아닌데 말이다. 무서운 미국 경찰이다!

동네병원 존스 홉킨스

"허, 종양이네요."

"종양요?"

"네, 2cm로 작지만, 흉선종은 조직 검사하기 전에 무조건 수술하셔야 합니다. 수술 후 조직검사를 해야 정확히 양성인지 악성인지 알 수 있어요."

"급한 건가요? 제가 미국으로 내일 출국해야 하거든요."

"그럼 언제 다시 오세요?"

"12월쯤, 확실하진 않아요."

"되도록 이른 시일 안에 날짜 잡고 출국하세요."

그러고는 미국에 왔다. 미국의 주치의를 만나 한국에서 가져
온 CT 영상 비디오를 주었다.

"바로 수술 닥터를 만나야겠네요. 곧바로 연결해 드리겠습니
다."
"수술은 한국에서 하고 싶은데…"

존스 홉킨스 흉부외과 수술 의사를 암센터에서 만났다. 내
나이쯤으로 보이는데 흰머리가 희끗희끗 노출돼 나이가 많이
들어 보이는 여의사였다. 왠지 마음이 놓인다. 이 의사가 수술
할 것 같은 예감이 강하게 들었다.

"가슴이 답답해서 아프거나 기침을 많이 했나요?"
"아니요"
"그럼 눈꺼풀이 무겁거나 근육에 힘이 풀리는 느낌을 받나
요?"
"아니요"
"그런데 왜 흉부 CT를 찍었나요? 가슴이 아프거나 기침을 하
는 증상이 있어야 X-ray나 CT를 찍고, 찍어 본다고 보일 수 있
는 곳도 아닌데. 2cm의 작은 혹을 건강검진으로 알 수 있었다

는 사실이 매우 놀랍군요. 당신은 굉장히 행운아이시네요. MRI를 먼저 찍어 보고 종양이 더 자랐으면 바로 수술해야 합니다."

정확히 한 달 전에 반강제로 강남세브란스 병원에서 비싼 프리미엄 프로그램으로 건강검진을 하고 CT를 찍은 뒤 판독 닥터로부터 흉선종이라는 판결을 받았다. 급히 흉부외과를 연결해 주고 종양이니 수술해야 한다는 말과 함께 되도록 빨리해야 로봇으로 간단히 떼어낼 수 있다고 했다.

흉선종이라는 말 자체도 처음이거니와 희한한 혹 하나가 폐와 폐 사이 그리고 심장 앞쪽에서 발견되었으니 수술해야 한다는 말만 들었을 뿐, 사실은 "뭐지?" 하는 여유로운 마음으로 일정대로 미국에 오게 되었다.

일은 미국에 오고 긴박하게 돌아갔다. 지인이 도와주긴 했지만, 수술 닥터를 곧바로 만나는 것도 어려운 일인데 일사천리로 수술 날짜를 잡게 되니, 그것도 유명한 존스 홉킨스의 흉부외과 닥터가 수술한다니 오히려 아무것도 아닐 거라는 마음이 조급해져 버렸다.

미국 의료 시스템은 느려도 너무 느리다. 기다리다 자연적으로 시간이 지나 낫거나, 아니면 죽거나 둘 중 하나라는 의식이 팽배한 만큼 여기에서 수술한다 해도 몇 달 뒤에나 일정이 잡힐 거로 예상하고 12월이면 수술 1번지 한국에 가서 몸을 맡길 요량이었다.

수술 닥터를 만나고 일주일 뒤에 MRI 스케줄을 잡았다. 보통 2~3주가 걸리는데 일주일 후에 그것도 같은 존스 홉킨스 병원으로 잡힌 것도 희한한 일이었다.

MRI는 비싼 검사여서 병원에서 보험회사에 의뢰하고 보험회사에서 승인이 떨어진 후에야 예약이 진행되는데, 미국의 느린 시스템으로 보통 2~3주는 기다려야 가능한 일이다.

MRI를 찍으러 갔다. 웬 보안 시스템이 그리 많은지 보안문 몇 개를 거치고 영화에서나 본듯한 장면으로 카드를 대거나 발을 대면 문이 열렸다.

하얗고 커다란 터널에 들어가기 전 침대에 반듯하게 누웠다. 흉부를 찍는 거라서 간호사 두 명이 상체 부분을 들고 로봇처럼 감쌌다. 물어보니 그 안에 카메라가 있다고 했다. 그러고 보니 폐쇄 공포증이 있는 사람은 정말 무서울듯하다. 꽉 막히고 좁고 어두운 터널을 혼자 누워서 들어간다 생각하니 조금 답답함이 엄습했다. 그때 간호사가,

"시끄러울 텐데 이어폰 드릴까요?"

"네"

"음악 들려드릴까요?"

"네(그 정도로 클까?)"

"어떤 음악 들려드릴까요?"

"음…(설마 내가 좋아하는 재즈라고 해도 될까?) 재즈, 색소폰 재즈"

그리고 1시간가량 따뜻한 담요와 함께 색소폰 재즈 음악을 들으며 살짝 잔 것 같다. 생각보다 오랜 시간 아주 시끄러운 소리를 내며 숨을 깊게 들이마시다 멈추라는 말을 반복했다. 비싼 돈 내야 할 각오를 그때쯤 하게 됐다(2,500달러 한화 300만 원이 청구되었다). 엄청나게 큰 로봇 통 안에서 내 몸 전체를 샅샅이 뒤져보고 알아보는 카메라가 대견했다.

일주일 뒤 닥터가 직접 메일을 보냈다. '아직은 작은 크기지만 한국에서 가지고 온 영상보다 한 달 만에 종양이 0.5cm 자랐으니 수술해야 합니다. 지금은 로봇으로 수술할 수 있으니 당신이 원하는 날짜를 주세요. 제가 시간을 조정하겠습니다'

세상에나! 존스 홉킨스가 동네병원인가? 물론 우리 집에서 30분 거리이니 동네병원이 맞긴 하지만 그래도 세계 1위를 자랑하는 명실상부 최고의 의료시설을 갖춘 세계적인 병원 아닌가. 내가 원하는 날짜에 의사가 시간을 맞추겠다고? 난 메일을 몇 번 더 읽고 머리를 세게 얻어맞은 듯했다. 그렇게 급한 수술인가?

수술을 일주일 뒤로 최대한 빨리 잡고 수술 이틀 전에 심전도 검사와 마취과 닥터를 만나러 다시 병원을 찾았다. 마취과 닥터를 수술 전에 만나야 하는 일도 생소했지만, 평소대로 당당하게 혼자 병원으로 향했다.

우리 큰아이만 한 앳된 여의사가 들어와 어떤 약을 먹고 있는지 평소 알레르기가 있는지 수술한 경험이나 가족력은 있는지 이것저것 물었다.

그러다 내가 평소에 마취에서 깨어나는 게 어렵다는 말에 갑자기 비상이라도 걸린 듯 여기저기 전화를 했다. 한참 후에 할아버지 한 분이 닥터 명함을 목에 걸고 자신을 제1 마취과 닥터라 소개하며 허둥지둥 들어왔다. 몇 마디 묻더니 정확한 대화가 필요했는지 통역을 부르겠다고 했다. '에구 언제 통역이 오나! 이리 느린 나라에서 예약한 것도 아니고 지금 부르면 언제 오고 언제 집에 가나!'

나야 시간이 있지만 두 의사는 시간이 많지 않을 것 같아 걱정하고 있는데 이동식 화면에서 한국말이 갑자기 들렸다. "안녕하세요? 존스 홉킨스 동시 통역사 ○○입니다. 무엇을 도와드릴까요?" 중대한 사안이 된듯했다.

마취과 제1 닥터는 나에게 좀 더 자세히 물었다. 삼자대면 그것도 화면 속 남자와 미국 할아버지의 느릿듯한 말투로 대화를 하려니 난감하게 한 박자가 아니라 두 박자씩 빗나가며 엇박자 대화가 이어졌다.

"어떻게 깨어났는지 기억해보라.""네? 다시 한번 말해주세요.""깰 때 어떤 반응이었나 어지러웠나?""어지러웠냐고요?" "구토가 나왔나 꿈속이었나 후유증이 어땠나?""이번 수술은 3시간 30분에서 5시간 이상 걸릴 예정이다, 폐와 심장 사이에 있는 종양을 제거하는 일이라 중요하고 큰 수술이다."

대화가 조금씩 익숙해졌다. 나올 때 튜브와 소변줄을 달고 나온다. 로봇팔 3개와 튜브가 들어가는 구멍이 있을 것이다. 수술 후 바로 입원실에 가지 못하고 회복실에서 지켜봐야 한다. 3~5일 정도 입원하는데 더 길어질 수 있다. 수혈을 위한 채혈을 미리 해야 한다… 수술 닥터보다 훨씬 자세히 설명해 주었다. 겨우 상담을 마쳤지만 내 가슴은 이미 벌렁벌렁 요동쳤다.

채혈하려고 대기실에 앉으니 그제야 주위가 보였다. 혼잣말을 중얼거리는 듯해 살짝 경계하고 있었는데 옆 사람과 수다만 잘 떠는 늙은 여인의 모습이 먼저 보였다. 그 앞 좌석에 손을 꼭 붙잡고 있는 노부부는 아내의 병에 위로의 눈빛을 보내고, 노모를 모시고 왔는지 연신 혈액검사를 하러 들어간 엄마의 모습을 기웃거리며 살피고 있는 젊은 아들도 눈에 띄었다. 휠체어를 힘겹게 밀어주는 아내의 모습과는 대조적으로 나에게 웃으며 인사하는 남편은 왜 그리 슬퍼 보이는지 난 연신 안경 너머로 눈물을 닦아야만 했다.

'에이! 이럴 줄 알았으면 누구라도 같이 올걸. 다들 큰 수술을 앞두고 손 붙잡고 같이 오는구먼!' 괜스레 서글퍼져 눈시울이 붉어짐은 나이 탓인지 혼자라는 느낌 탓인지 모르겠다. 괜히 부아가 났다.

여기 미국도 사람 사는 건 다 똑같은 모양이다. 미국 사람들은 개인주의라 의리도 없다 생각했는데 아내를 데리고, 부모를 모시고, 남편 휠체어를 밀고 애틋한 가족애가 빛을 발하고 있었다. 동양인은 나 하나뿐이라 더 서글펐다.

수술 날. 푸르스름한 새벽에 도착했다. 알람을 맞추지 않아도 저절로 눈이 떠지는 날들이 간혹 있다. 어릴 때 소풍날, 엄마가 되어서는 아이들이 큰 시험을 앞둔 날 그리고 비행기 타는 날 정도였는데, 병원 가는 날도 이젠 포함해야겠다.

퍽 긴장했나 보다. 수술복으로 갈아입고 대기 침대에 누워 여기저기 링거를 걸고 IB 주사를 손등에 꽂으며 수술에 필요한 사항을 물어보는데, 여기저기 의사들이 도대체 어떻게 흉선종을 알았는지 집중해서 물었다.

한국에서 건강검진으로 흉부 촬영을 했다는 데 놀라워하고 (미국에서 MRI 한 번 찍는 가격으로 머리부터 발끝까지 전체 CT를 찍는 것도 모자라 3시간 안에 몸 전체 검진을 한다는 것, 그것도 한국 최고의 병원에서 진행한다는 건 여기에선 상상도 못 할 비용이다), 도도한 존스 홉킨스에서 임상 시험으로 기록을 남기고 싶다며 비디오 촬영을 할 수 있도록 허락해달라는 사인도 요구했다. 만약 로봇으로 제거하지 못하면 개복수술로 가슴을 30cm 정도 연다는 둥 사인할 게 뭐가 그리 많은지 그러면서 수술실로 향하는데 에피도르(무통 주사)를 등에 꽂자 정신을 잃었다.

남편이 어슴푸레 보였다. 정상적으로 마취에서 깨어났나 보다. 다행이었다. 수술 시간은 4시간 정도 걸렸다 하고 밖에서 기다리는 동안 1시간에 한 번씩 직원이 수술 과정을 얘기해줬다고 한다. 마취 시작했다, 수술 시작했다, 회복실로 옮겼다, 깨어났으니 들어가라…

입원실부터 기억이 난다. 양쪽 팔에 온갖 주사액들이 들어가고 있고 줄이 대롱대롱 매달려 있는 전형적인 중환자 모습인듯하다. 1cm도 움직일 수 없었다. 근육에 살짝 힘만 주어도 칼로 살을 베는 듯한 아픔이 느껴졌다. 이렇게 아픈 수술이었나? 전신 마비가 된 것처럼 아무것도 할 수 없었다.

한국의 언니한테 전화가 왔다. 어서 오라고 그냥 와야 한다는 말만 했다. 혼자서는 어찌해 볼 도리가 없는 몸이 된 것이다. 남편이, 그냥 남자가 할 수 있는 일이 아니었다.

이럴 때 한국처럼 요양원이라든가 출산 조리원이라든가 아니면 집에서 살림을 도와주는 도우미제도라도 있으면 얼마나 좋을까? 도대체 이 나라는 내 몸 굴려 일하지 않으면 되는 게 하나 없다. 인건비가 살인적이라 배보다 배꼽이 크니 말이다.

통증이 심했다. 오른쪽 가슴 위부터 옆구리 쪽으로 로봇 팔이 들어갔던 세 개의 구멍이 있고 가운데 배에 튜브가 들어있는데 아마 폐와 심장 사이에서부터 이어진 것 같다. 그곳에서 계속 피가 흘러나오고 튜브가 배 안에 똬리를 틀고 있으니 살짝만 움직여도 칼에 베이듯 아팠다.

아픈데 수술 당일 자정에 소변줄을 뺀다고 하니 고개를 절레절레 흔들었지만, 매뉴얼이 그렇다며 웃으며 친절하게 빼버린다. 당황스러워도 웃는 얼굴에 침 못 뱉는다고 아예 아침까지 소변을 참아 버렸다. 솔직히 살짝 힘만 주어도 아파서 화장실 갈 생각은 꿈도 못 꿨다.

아침에 배에서 튜브를 빼니 정말이지 살 것 같았다. 그러더니 이제는 샤워해야 한단다. 아예 화장실에 샤워할 수 있게 세팅을 해놓고 날 부축했다. 보호자는 내 몸에 손도 못 대게 하고 의자에 앉혀놓고 샤워기 물을 뿌려댔다. 수술 후 대처치고는 참 어이없다.

어디 수술 후에 샤워를 하나. 한국에서는 있을 수 없는 일이다. 하긴 아이 낳고 다음 날 스파게티, 얼음 동동 띄운 콜라, 그리고 초콜릿을 주는 나라이니 말 다 했지만, 수술 자국이 여기저기 있고 겨우 밴드 하나 붙이고 있는데 샤워는 좀 심했다 싶다.

그다음 날 병원 안을 둘러볼 여유가 생겼다. 한국으로 치면 집중치료실 모습이다. 병동 전체가 1인실만 있고 2인실이나 다

인실은 없는 것으로 보아 홉킨스 병동 중에서도 제일 큰 메인 병동이니 환자를 집중해서 치료할 수 있는 것 같다.

병실 안에 샤워할 수 있는 화장실이 있고 3인용 소파와 1인용 안락의자가 있고 커다란 창문에는 메릴랜드 제1 항구 볼티모어시의 이너하버 모습이 근사하게 보였다.

침대에서 X-Ray를 직접 찍고 손가락 지문으로 아플 때마다 한 번씩 수술 전에 등에 꽂았던 에피도르(무통 주사)를 직접 눌러 투여했다. 버튼을 누르면 등에서부터 싸한 박하 향이 퍼지며 진통이 금세 사라졌다. 모든 게 최신식이었다.

이 침대는 위아래로 움직이는 건 물론 침대 쿠션이 메모리폼이어서 얇은데도 푹신하고 상체뿐 아니라 다리도 올려지는 에스 자 형태로 허리가 아프지 않았고 똑바로 누워만 있어야 하는 나 같은 환자를 위해 종아리가 붓지 않도록 다리에 마사지 기계가 연결돼 입원 내내 다리에 부종은 없었다. 그대로 집에 옮겨놓고 싶은 마음이 굴뚝같은 워너비 아이템이었다.

병실은 11층이었고 바로 위 12층은 VVIP 병실이라며 간호사가 귀띔한다. 아랍국가의 부호나 중국, 아시아 사람들이 돈 가방을 들고 온단다. 거기다 요리사를 대동하고 와서 의사나 간호사 식사까지 챙긴다며 자기들도 올라가지 못하는 비밀스러운 곳이라고 했다.

아침저녁으로 거짓말 조금 보태서 의사만 100명은 본듯하다. 한국에서 아무런 증상 없이 흉부 CT를 찍는다는 사실이, 그리고 이렇게 작은 종양을 발견했다는 사실이, 또 그 작은 종양을 폐와 심장 사이를 로봇팔로 수술했다는 사실이 그저 신기한지 들어오는 의사마다 묻는다. 그러고는 꼭 한마디씩 한다. 한국의 건강검진 시스템이 정말 좋다고 당신은 천운이라고… 의사의 권위적이지 않은 태도와 진심으로 우러나오는 간호사들의 친절함은 감동 그 자체였다.

그들의 친절에 감탄만 할 순 없었다. 그들은 어떡해서든 나를 퇴원시키려 사투를 건 사람들이었다. 보험회사와 계약된 건지 하루도 더 있으면 안 되는 것처럼 1cm도 못 움직이겠다고 아픔을 호소하는데도 소변줄을 떼 버리고. 배 안에 들어있는 줄넘기 길이의 튜브를 그다음 날 확 당겨 빼고, 퇴원 날 새벽 코드블루(혈압이 87 이하로 떨어졌다)가 두 시간 이상 갔는데도 오전에 퇴원을 시켜 버렸다. 거의 강제퇴원이었다. 칼을 댄 자리에 비닐 테이프 하나 붙여놓고 집에 가서 떼고 샤워하란다. 수술 부위 드레싱은 어찌하나 물으니 안 해도 된다며…

밥 한 끼 그냥 주지 않고 매끼를 각자 1시간 전에 주문해서 먹으라고 한 건 너무 서러웠다. 오직 매뉴얼을 따르는 일일 뿐 그 이상도 이하도 없는 참으로 융통성 없는 사람들이고 그런 나라다.

어찌어찌 어설픈 퇴원을 했다. 한국식으로 1인용 전기장판을 준비했지만, 물어보니 직접 전기회사에 전화해서 승인받고 사용하란다. 졸지에 무식함을 드러낸 꼴이다.

같은 맥락으로 추울까 봐 준비한 양털 담요와 털신도 온도를 맞추는 입원실이 추울 거라는 선입견을 단숨에 깨버렸다. 세면도구도 일회용만 써야 하는 병원임을 몰라 이것저것 잔뜩 준비했었다.

오히려 밥을 안 주기 때문에 먹을거리를 준비했어야 했었다. 미국에 맨 처음 도착해 모든 게 '~해야 했다'라고 후회하는 초짜도 아닌데 17년이 흐른 지금도 직접 경험해 보지 않으면 얼렁뚱땅 알게 되는 게 하나도 없는 이방인이라는 사실이 병원 생활로 소환됐다.

꼭 1주일 뒤에 수술 닥터에게서 한 통의 메일이 왔다. '수술은 깨끗하게 잘 되었습니다. 조직검사를 한 결과 STAGE 1로 깨끗하게 제거했으니 치료가 더는 필요 없지만 6개월에 한 번씩

CT 촬영을 해야 합니다'

이게 무슨 말일까? 스테이지 1이라는 것은 암 1기라는 의미인가? 2주 후에 닥터를 만나 자세히 물어보니 속 시원히 말을 하지 않는다. 흉선종이라는 것 자체가 암일 수도 아닐 수도 있단다. 그냥 생기는 혹이면 떼어 내버리면 그만인데 이건 다시 나타날 수 있으므로 암 치료처럼 6개월에 한 번씩 다시 생겼는지 꼭 CT를 찍고 확인해야 한단다.

희소병이라 한국에서도 암에 속해 보험처리가 되는 회사도 있고 그러지 않는 보험사도 있다고 한다. 난 성격도 특이하다는 말을 많이 듣는데 병도 특이한 녀석으로 걸렸다. 암은 아니지만 암이라 생각하고 주의하며 살라는 뜻으로 받아들이기로 했다.

그래도 다행인 건 친언니가 한국에서 14시간을 날아와 준 일이다. 수술 전에는 쪼그만 혹 하나를 떼는데 무슨 간호냐며, 쓸데없는 소리라고 고개를 휘휘 저었건만 수술 후에는 '그냥 당장 오라'는 말만 했다.

단순한 혹이 아닌 폐와 심장 사이의 종양을 기다란 줄들을 단 로봇이 옆구리에서부터 살을 헤집고 갈비뼈 아래로 들어가 떼어내고 지지는 과정이 그리 위험한 수술인 줄 알았다면 유서라도 써놓고 수술실에 들어가고 아이들과 마지막 통화라도 하는 건데. 또 무식이 용감이다.

인터넷을 뒤졌지만, 흉선종에 관한 내용은 참으로 미비했다. 최소한 한 주는 침대에서 혼자 일어나지도 못하고 숨쉬기가 어려워 ER(응급실)에 갈뻔했고, 간호사 친구는 매일 혈압을 재러 와야 했다.

수술한 지 2주가 흘렀다. 얼떨결에 한국이 아닌 존스 홉킨스에서 수술하게 되었다. 내가 그토록 미국 병원을 불신했건만 이곳에서 내 몸에 메스를 대게 하다니.

아프지 않았다면 절대 알지 못했을 고마운 사람들이 차곡차곡 마음속 창고에 쌓인 소중한 시간이 됐다. 누워있는 나에게 약은 물론 물이며 밥이며 모든 걸 간호해준 언니가 없었다면 버티기 힘들었으리라.

우리 아들도 내가 주는 밥보다 이모가 한 밥을 더 맛있어했고 또 나보다 두 살밖에 많지 않지만 나를 딸처럼 이뻐해 주는 회사 동료와 맛 내기 여왕인 친구 둘이서 연신 음식을 날라주었다. 환자보다 환자 식구들이 더 호강한 수술 후 풍경이다.

한국에서 그날로 슬쩍 날아와 24시간 밀착 간호를 한 덕에 언니가 정해준 2㎏ 체중 증가 목표를 달성했다. 그러고는 또다

시 슬쩍 한국으로 가버린 예쁜 언니와 '건강 검진해야 하는데'
라는 말 한마디에 이왕이면 기계가 좋은 병원에서 해야 한다며
굳이 비싼 돈 들여 프리미엄으로 예약하고 나보다 한발 빨리 계
산해서 부담을 왕창 준 그분이 지금은 평생 은인이 됐다.

음식을 매일 날라준 동료 언니와 친구, 매일 혈압을 재준 친
구와 닥터를 재빠르게 연결해준 간호사 친구, 그리고 날 위해
하나님께 열심히 기도해준 이들. 모두의 힘으로 거의 2주 만에
정상적인 활동을 하게 되었다. 참으로 고마운 인연이다.

제일 중요한 분은 정확한 CT 촬영과 판독으로 숨은그림찾기
의 달인으로 인정할 수밖에 없는 한국 의사분과 로봇 팔이나
제대로 들 수 있을지 모를 정도로 야리야리해 보였던 강인한 미
국 여의사다. 덕분에 제2의 인생을 살게 되었다. 직간접으로 한
국과 미국의 공조 수술이 되어버린 나의 흉선종 제거 프로젝트
가 성공적으로 끝나 다행이다.

침대가 높아 일어나는 게 힘들어 소파에서 생활하는 게 익
숙해진 지금, 어느덧 창문으로 바라본 가을 풍경이 노랗고 붉게
바래고 있다. 글쓰기는 수술의 아픔을 견디게 해 준 또 하나의
요인이다. 참 고마운 친구이고 인연이다.

명품을 대하는 미국 아이들

블랙 프라이데이에 아이들과 백화점에 다녀왔다. 나이가 들어서인지 쇼핑의 즐거움을 점점 잃어가고 1시간이 넘어가면 온몸이 뻐근하고 힘이 쭉 빠지는 느낌이 들어 체력이 약해졌음을 느낀다. 동시에 옷이나 가방이나 몸에 걸치는 모든 것이 크게 신경 쓰이지 않는다는 점은 나이가 드는 방증인 것만 같다. 그러나 그 재미없음의 일차 책임은 분명 우리 아이들의 반응 탓이다.

우리 13살 사춘기 소년은 이거 살까 저거 살까 하는 질문에 한결같이 무조건 고개를 좌우로 흔든다. 오로지 신발 그것도 단 한 켤레로 일 년을 버틴 혈기왕성한 소년의 발이 운동화를 격렬하게 원하는 바람에 할 수 없이 무거운 몸을 끌고 모두 함께 한 쇼핑이었지만, 역시나 아들의 '소화 안 됨 사인'으로 얼렁뚱땅 명품은커녕 중저가의 후드티 하나씩만 겨우 획득하고 그 아까운 블랙 프라이데이를 조기 마감했다.

우리 큰아이도 다르지 않다. 대학을 졸업하고 지금은 대학원을 다니는 어엿한 숙녀인데도 변변한 가방 하나 없어서 내가 소장하고 있는 명품이라 하기에도 오래된 OO을 주어도 그런 거 가지고 다니면 욕먹는다고 손사래를 치고, 그래도 인터뷰도 있고 가끔 콘퍼런스에도 참석한다니 내 딴에는 번듯한 정장이라도 입기를 원하지만, 모두가 그리 옷에 신경 쓰지 않고 오히려 너무 빼입으면 눈총만 받는다며 한사코 구색 정도만 갖춘 정장을 입는다.

둘째가 다니는 대학교는 한국에서 온 유학생들이 많아 한국 친구들이 많은데 하루는 이런 말을 한다.
"엄마, 나 큰일 날 뻔했어요."
"왜?"
"너무 춥다고 했더니 친구가 자기 재킷을 벗어 줘서 걸치고 집에 왔는데…"

"잘 입고 왔으면 됐지 그런데?"

"글쎄, 몽000이라고 크게 적혀 있어서 얼마짜리냐고 물었더니 아파트 한 달 렌트비보다 비싼거야. 그래서 그대로 다시 벗어줬어. 우리 티오가 모르고 물어뜯으면 어떡해. 그렇게 비싼 게 말이 돼 엄마?"

난 속으로 그랬다. '충분히 말이 되고 엄마도 그 시절에 한국에서 그런 옷 나이키나 필라 뭐 그런 종류의 브랜드에 목숨을 걸었으니까. 너희들은 왜 그런 걸 모르니?' 그러고 보면 남편도 거의 10년 동안 하나의 배낭 가방만 메고 다녀 직원들에게 농을 받았다고 한다. 우리 집에서의 소비는 오롯이 엄마인 나의 몫인 듯하다.

오히려 난 한국 정서가 여전히 몸에 배어있는 편이다. 이왕이면 좋은 한두 개가 싼 여러 개보다 낫다고 믿고 명품 한두 개쯤은 소장하고 있는 게 어찌 보면 당연하다 생각하고 명품은 살 때는 비싸지만 자기만족도 있고 솔직히 남들에게 보여주는 만족도도 높은 편이어서 필요충분조건이 맞아떨어지는 면이 없지 않다고 본다.

하지만 요즘엔 명품을 좋아하는 층이 점점 낮아져 중, 고등학생의 명품이 따로 있고 젊은 층이 선호하는 명품이 따로 있고 특히나 세계적인 명품도 한국에서는 눈 하나 꿈쩍 안 하고 산다는 말을 듣고는 미국 아이들은 순진한 건지 주관이 강한 건지 생각해보게 되었다.

한국은 TV에 나오는 유명 연예인이 무얼 하고 나오는지가 초미의 관심사가 되어 일반인 누구나 그들과 똑같이 입고 쓰기를 원하고 실제로 그렇게 할 수 있다고 생각해 심한 출혈도 마다치 않는다. 네가 살 수 있다면 나도 빚을 내서라도 살 수 있고 네가 가면 나도 언젠가는 똑같은 곳에 가서 그걸 사고 마시고 할 수 있다는 생각이 팽배하다.

특히 아직 어린아이들은 워너비인 스타들을 무조건 따라 하는 무분별한 사고가 더욱 비싼 명품 구매에 열을 올리게 하는 것 같다. 그러나 보니 그들 행동에 지나치게 촉각을 곤두세우게 되고 지나친 관심이 병이 되어 비극적인 사건 사고가 끊임없이 반복되기도 한다.

몇 해 전에 검정 패딩으로 유명한 브랜드를 한국 학생들이 모두 입어서 그 옷을 안 입으면 간첩이라는 말까지 나올 정도였다. 강남의 그 큰 사거리에 시커먼 롱 패딩 부대가 우르르 쏟아져 나오는 걸 보고 순간 흠칫 놀랐는데 비단 나만의 경험은 아니었을 것이다.

누군가가 입고 예쁘면 빚을 내서라도 똑같이 되기를 원하는 이유가 바로 뚜벅이 문화에 있음도 부인할 수 없다.

머리부터 발끝까지 훑어볼 시간적, 공간적 여유가 주어지는 탓이다. 미국은 아이들이 스쿨버스를 타기도 하지만 고1만 되어도 일인 일 차량이다 보니 남을 볼 공간적 여유가 없어 비교조차 안 될 수 있다.

미국은 지나치다 싶을 정도로 개인적이다. 사진처럼 연예인에 자식까지 명품으로 휘감고 나오는 모습들이 가끔 인터넷에 뜨지만, 연예인이 입었다고 넘보지 않는다.

관심이 없다는 것이 일차적이겠지만, 그들 옷이나 액세서리를 일반인들은 감히 살 수 없는 가격이라고 생각하는 듯하다. 아마 상위 몇 프로를 위한 명품이려니 생각하고 빚을 지면서까지 사야 하는 소비문화도 아니고 남을 신경 쓰지 않으니 유명인들이 뭘 하고 있는지 별 관심이 없고 서로가 딴 세상을 살고 있어 서로가 엿볼 생각도 안 하는 모양이다. 그저 눈요깃감이다.

다양한 인종에 개성까지 넘쳐 지금이 겨울인지 여름인지 혹은 가을인지도 모를 정도다. 재미나게 마음껏 입고 자기를 즐기며 사는 사람들의 나라. 그러니 명품을 알 수도 없고 설사 누군가 명품을 하고 다닌다 해도 굳이 큰돈 들여 구매할 이유가 없어진다.

누군가가 알아봐 줘야 재미있을 텐데 아무도 모르니 뭣 하러 구매하겠나? 하다못해 명품 차를 타고 다닌다 해도 누구 하나 쳐다보지 않고 관심도 없으니 그저 비싼 보험금과 세금 내고 자기만족으로 소유할 뿐이다. 명품 시연을 제일 먼저 한다는 한국에서는 딴 나라 이야기다.

내가 운영하는 숍의 건물주는 이 타운에서 손꼽히는 갑부다. 어느 정도의 갑부냐면 번화가 길의 어디까지가 그의 빌딩인지 아무도 모르고 임대를 받는 가게만 2,000개가 넘으며 이 사회에 기부한 빌딩이 한두 개가 아니다. 그중 가장 크고 멋지게 지어진 도서관도 사비로 지어 보통은 동네 이름을 따서 짓는 도서관이 그의 이름이 붙을 정도다. 하지만 행세는 돈이 많다고는 절대 믿기지 못할 옷차림에다가 내게 대하는 태도가 과하게 정중해 갑부는커녕 그냥 동네 어르신 같다.

그런 건물주가 하루는 캐나다 OO 패딩을 입고 숍에 들어왔다. 한눈에 어느 브랜드인지 알고 따뜻한 옷을 입고 왔다고 말하니 아주 쑥스러운 듯 아내가 사줬다며 슬쩍 웃는 겸손한 모습에 명품을 입고도 거창해 보이지 않는 소박함을 느낄 수 있었다.

명품 또한 누가 입고 어떻게 행동하느냐에 따라 고상하게도 사치스럽게도 보일 수 있다는 걸 새삼 알았다. 아마도 그는 나에게나 길거리 행인 아마도 노숙자에게 아니 트럼프 대통령을 만나도 똑같은 표정과 태도로 대할 것 같다.

명품이 사람을 만드는 게 아니고 사람이 명품을 만든다는 걸, 몸에 배어있는 그 사람 자체가 명품이었다. 아마 명품이 아닌 짝퉁을 입었을지도 모르나 사람이 명품이니 걸친 옷이 명품이든 아니든 무슨 의미가 있을까?

그분에게 자식이 없어서 안타깝지만, 자식이 있다면 아마도 부모를 닮아 인간을 존중하는 사람으로 성장했을 것이다. 그것이 진짜 대물림 아니겠는가? 돈만 대물림하는 게 아니다. 사람 이미지는 몸짓과 태도에서 풍겨 나오는 것이라 누가 시켜서도 따라 한다고도 되는 일이 아니다. 몸에 밴 습관이기에 어른들은 아이들의 어릴 때부터의 예절이며 사람을 사랑으로 대하는 인간적인 교육을 중요하게 여겨야 한다.

이 사회에 살면서 정말 딱 하나 닮고 싶은 게 있다면 바로 이런 식의 태도다. 한국에서 큰아이를 7살까지 키웠지만 나 또한 아이에게 백화점 옷을 자주 사 입혔다. 아이에게 명품을 입히면 부모도 명품이 되는 양 모두가 그렇게 하는 사회적 분위기에 휩쓸려 매일 크는 아이에게 아주 당연히 비싼 옷으로 치장했다. 내 아이는 다른 아이보다 특별하다는 인식에서 출발했음을 고백하지 않을 수 없다.

내가 인식하고 바꾸지 않으면 절대 고쳐지지 않고 내 아이들에게 전해지고 또 내 아이의 아이에게 전수된다.

가족에게 대하는 모습과 일관된 행동으로 이웃을 사랑으로 대하고 남들이 하면 나도 해야 한다는 강박관념에서 벗어나야 내 아이들이 자유롭게 사고하고 명품 따위의 보여주기식 치장에 휘둘리지 않게 된다.

분수껏 나민의 정체성을 가지고 오늘 하루 열심히 살면 충분하다. 그래도 이번 빅세일에 동참하지 못한 아쉬움이 남으니 사람이 명품을 만드는 그분을 따라가기에는 아직 멀었나 보다.

팁으로 보는 문화 차이

미국에 도착하고 꼭 1주년을 기념하려고 처음으로 아이들과 함께 외식하기로 하고 우리 동네에 딱 하나밖에 없는 중국집에 가기로 했다.

컵 하나를 사려고 월마트를 다 뒤져 1달러짜리 득템했다며 좋아했던 때이기도 하고 한국의 아나바다(아껴 쓰고, 나눠 쓰고, 바꿔 쓰고, 다시 쓰고의 순말)처럼 미국의 'GoodWill'(세컨드 스도이라 해서 필요 없는 내 물건은 무료로 가져다주고 그 매장에서 내가 필요한 물건은 아주 저렴한 가격으로 구매하는 곳으로 미국 전역에 체인으로 성행하고 있다) 같은 곳에서 아이들 옷이며 장난감을 이용했던 때라 외식을 생각할 수 없던 가난한 이민자 처지였다.

　맥도널드나 도미노 피자 같은 그렇게 흔하게 생각되는 패스트 푸드점이 아닌 레스토랑에서의 정식 햄버거 메뉴나 '피자헛' 같은 패밀리 레스토랑은 감히(?) 갈 수 없었다. 더군다나 한국 음식이 여기에선 외국에서 공수되어 오다 보니 미국 음식보단 훨씬 비싸서 엄두를 낼 수 없었다. 그래서 1년은 우리에게는 아껴 쓰며 적응해 나가며 살아내야만 하는 고통스러운 시간이었다. 이번 외식은 그래도 잘 살아내고 있음을 자축하는 자리였다.

　그렇게 어린아이들을 데리고 4명이 감회도 깊은 짜장면 하나, 짬뽕 하나, 탕수육 하나를 시켜 먹고 테이블에서 계산하려는데 음식값이 50달러 정도 나왔다. 거기까진 괜찮았다. 처음엔 달러를 한화로 계산하는 게 당연해서 50이면 약 6만 원이라고 자동 계산되었다. 하지만 영수증 맨 밑에 쓰여 있는 팁이 머리를 갸우뚱하게 했다. 이미 15~25%까지의 팁이 착실하게 계산되어 적혀 있었다. '하, 얼마를 줘야 하나?'

　그때는 몰랐지만, 서빙 종업원의 시간당 급여는 기본금이 일반 급여의 1/3 정도이고 개인이 받는 팁에 따라 달라졌다. 우리

가 먹은 음식값은 50달러지만 팁이 기본적으로 음식값의 20%
정도는 되니까 10달러를 더해서 테이블에 놓고 가야 뒤통수가
따갑지 않다는 계산이 나온다. 귀동냥이지만 팁을 생각지 않고
그냥 나가거나 일부러 모른 척하고 음식값만 내고 나가면 불러
세워서 묻는다고 한다. 왜 팁을 주지 않느냐고.

　우리는 60달러를 테이블에 놓고(미국은 한국처럼 다 먹은 후 카운
터에서 계산하지 않고 내가 먹은 테이블에서 서빙하는 담당자가 직접 계산
한다) 나오며 남편과 손을 잡고 이렇게 이야기했다.
　'다시는 외식하지 못하겠다. 팁이 너무 비싸서' 그 당시나 지
금이나 한국에는 팁 문화가 없어서 익숙하지 않았지만, 괜히 손
해 보는 것 같고 비싼 돈 주며 먹었는데 왜 거기에 팁까지 줘야
하는지 억울한 마음만 들었다. 종업원에게 주는 비용은 당연히
일을 시키는 주인이 내야 하는 게 옳다고 믿었다.

　팁이 이렇게 많다 보니 손님이 많은 식당은 웨이트리스가 선
호하게 되고 한번 고용되면 웬만해선 나오지 않아서 대기자 명
단이 있을 정도로 경쟁이 치열하다고 한다. 특히, 한국 식당이
나 고급 레스토랑은 테이블 단가가 비싸서 팁도 그만큼 많아
몸은 힘들지만 간단한 음식을 파는 곳보다 서빙 종업원들에겐

선호도가 높다.

    팁 문화는 국민성과도 연관되어있다. 한국은 팁이 거의 없고 일반적으로 종업원이 오너에게 월급을 받기 때문에 한 사람 한 사람이 모두 함께 열심히 일해야 한다. 열 중 한 종업원만 실수해도 사장 이하 종업원 전체의 실수로 연좌제처럼 묶여 싸잡아 욕을 먹게 된다.

    나 홀로 실수가 전 직원에게 파급되니 모두가 일사불란하게 친절하다. 개인의 능력 밖의 문제라 잘하면 좋은 거지만 한 사람의 작은 실수도 허용되지 않는다. 모두가 한마음 되어 아주 신속하게 나 너 구분 없이 일을 한다. 그래서 친절한 식당은 맛집으로 등극하기 쉽다. 반대로 친절하지 않은 곳은 짜고 치는 고스톱처럼 주인부터 일하는 사람 모두가 불친절하거나 분위기가 만족스럽지 못한 서비스를 제공한다. 그래서 한국은 뭉쳐야 살고 흩어지면 죽는다는 공동체 사회라는 말이 맞는다.

    미국은 확연히 다르다. 일단 테이블마다 담당하는 종업원이 있어서 맨 처음 자리를 정해주는 것부터 종업원이 누구라는 걸 안다. 자리에 앉으면 한 명의 담당 서버가 와서 자기 이름을 밝히고 손님은 귀 기울여 이름을 기억하고 필요한 요구를 꼭 담당 서버를 불러 주문하거나 해야 한다. 지나가는 다른 종업원이 있어 봐야 본체만체한다.

담당 서비스가 만족스러우면 팁을 많이 주고 불만족스러우면 작게 주는 것도 순전히 손님 마음이다. 그러기에 느리더라도 홀로 자기 테이블에 앉은 사람에게 최선을 다한다. 계속해서 "괜찮냐, 뭐 필요한 거 없냐, Are you OK?"를 묻는다는 것은 필요한 걸 마음껏 말하고 다 해줄 테니 팁만 많이 달라는 의미다. 설사 서비스가 불만족스러워도 담당 종업원의 팁만 적어질 뿐 전체를 매도하는 일은 없다. 개인의식이 가져오는 장단점이 극명하게 보인다.

우리 동네 네일숍의 공통점은 모두 베트남계 사람들이 운영한다는 것이다. 몇 해 전만 해도 한국 사람들이 대부분을 차지했다는데 이상하게 한국 사람이 운영하는 곳은 없다. 반대로 헤어숍은 거의 한국 사람이 주인이다.

우리가 사우나에 자주 가서 몸을 풀어야 개운하듯 미국 사람들은 손톱을 항상 깨끗이 다듬고 다닌다. 할머니들도 비싼 옷에는 관심이 없지만, 항상 손톱과 발톱만큼은 머리를 단정히 하듯 신경 쓴다.

하지만 베트남 사람들이 한국인들의 날렵한 손놀림을 따라

갈 수는 없는지 한국에서처럼 세련되고 깔끔하게 잘하는 곳은 없다. 그래서 항상 흰색이나 검정 같은 기본 색상만을 골라야 무난하고 안전하다.

한국도 요즘엔 젊은 층에서부터 바람이 불더니 이제는 나처럼 중년이 된 아줌마들도 손톱에 관심이 커지는 추세라 정보도 많고 한 집 걸러 한 집이 네일숍일 정도로 대중화됐다.

수요가 많다 보니 가격경쟁도 심해져서 우리 같은 소비자들에겐 환영할 일이다. 미국은 서비스 비용이 원체 비싸다 보니 한국이 무척 저렴해 보인다.

미국에서 매번 실망만 하다가 한국에서는 가격 대비 만족도가 높아 팁을 주고 싶은 생각이 들었다. 다른 서비스와 달리 한 사람에게 1시간 이상을 집중해야 하는 일이라 더 가깝게 느껴지기도 해서 팁을 더 주고 싶은 마음이었는데 정작 받는 사람은 당황해서 어쩔 줄 몰라 했다.

'뭘 잘못했나?' 시간이 지날수록 미국과 문화 차이가 느껴져 가뜩이나 의기소침해 있는데 상대가 당황스러워하는 탓에 내가 더 화끈거렸다.

결국, 팁을 도로 주머니에 넣어야 했다. 자기 일에 자부심을 느끼고 정당하게 팁을 받아야 한다고 생각하는 사람으로서 비용 대비 만족스러운 결과를 얻게 된다면 그 고마움에 더 내고 싶은 나 같은 사람은 어디에도 있게 마련인데.

나도 여기서는 서비스를 받지만 내 숍에서는 서비스를 해줘야 하는 상황으로 뒤바뀐다. 우리는 모두 서비스를 주고받는 관계다. 아직 팁 문화에 적응하지 못한 탓이 크겠지만 서비스업의 정당함은 서비스하는 사람은 최선을 다해 일하고 서비스를 받는 사람은 기분 좋게 팁을 주는 문화에 있다.

호텔에서 나올 때는 침대 머리맡에 숙박한 인원당 1~3달러 정도의 팁을 둔다. 내가 머문 자리를 깨끗이 치워준다는 미안함과 고마움의 표시다.

우리 가족은 한국 사람이기에 더 조심히 이용하기도 하지만 팁도 후하게 줘 우리도 미국 사람들과 다른 문화가 아님을 보여주고 싶다.

인도 사람은 카레 냄새가 많이 나서 호텔 이용 후에 인도 사람이 머물다 간 곳임을 단박에 알아채 냄새를 빼는 데 시간이 걸린다는 뒷말이 있다고 하고, 중국 사람은 구두쇠라 팁을 1달러도 두고 오지 않는다는 말도 듣는다.

한국 사람들은 마늘 냄새가 난다고 해서 우리는 방향제라도 뿌리고 나온다. 한국이 선진국과 별반 다르지 않다는 걸 매너로 보여주려 노력한다는 말이다.

정말 잘해도 일등이 아닌 절반으로 보이는 이민자들은 잘못하면 꼴등이고 거기에 나라 망신까지 시킬 수 있어 항상 노심초사하며 살아가고 있음을 모국을 떠나보지 않은 사람들은 모를 것 같다.

한국 여행길에 다시 한번 전에 갔던 네일숍을 방문했다. 살짝 서운함을 내비치니 큰돈이어서 당황했다고 한다. 그때 내 얼굴이 빨개져 미안한 마음이 들었다고 했다.

네일 비용이 4만 원이니 25% 정도 팁을 계산해서 1만 원을 더 준 것은 당연한 일이라고 미국에서 이 정도 서비스를 받으려면 10만 원은 줘야 한다고 말했다. 그 뒤로는 서로가 고마움만을 주고받는 좋은 인연이 되었다.

직업에 귀천이 없다는 말은 이젠 고루하다. 자기가 좋아하는 일은 사람 얼굴 모양처럼 모두 다르다.

나는 네일과 헤어, 얼굴 마사지 자격증을 미국에서 취득했고 둘째 딸은 의대에서 법대로 전과를 하고도 모델 꿈을 접지 못해 틈틈이 관련 일을 엿보며 노력 중이고, 우리 아들은 숫기가 없어 남자 자식이 저렇게 내성적이라 어디에 쓰나 핀잔을 주지만, 친구들 앞에서 브레이크 댄스를 추며 즐거워한다.

남의 손을 아름답게 만들어 주는 일로 업계 최고가 되어 정당한 보상을 받는 것은 당연한 일이다. 음식점에서 최고의 서비스로 손님들을 기분 좋게 해주는 일이 보람되고 보상이 따르는 일에도 자부심을 느껴야 옳다. 청소하는 사람은 내 손이 마법이 되어 깔끔하게 정리되고 깨끗하게 치워지는 출중한 능력으로 상대를 기분 좋게 만들 수 있다면 그에 따른 보상도 기쁨일 것이다.

능력에 따라 정당하게 보상받아야 하고 그 수고의 대가를 반드시 치러야 하는 매너가 있어야 직업의식이 생길 것이고 직업의 귀천은 사라질 것이다.

위험한 차로에서 노숙자조차 당당하게 웃으며 팁처럼 돈을 주고받는 모습이 못나서가 아니라 지금 잠시 힘드니 도와달라는 의미인 것처럼 느껴지고, 1달러에 벌벌 떨어 팁을 내기 어려워 '외식 금지 선언'을 외치던 내가 지금은 1달러 정도는 기꺼이 줄 수 있게 됐다. 나아가 서비스를 받기 전에 팁을 먼저 생각하고 실행하는 문화에 자연스럽게 젖어 살고 있다.

삶 속에 녹아드는 일상들

잭키 이야기

'단순히 동물을 좋아하는 건지 진실로 동물과 교류를 하는 건지 잘 살펴보아야 합니다' 가슴 철렁한 이야기를 어느 점쟁이가 우리 둘째 딸을 두고 말했다.

5살 때인가 미국인 친구 집에 놀러 가 한창 수다를 떠는데 동물연구 학자인 친구 남편이 우리 아이가 고양이 습성이나 종류를 잘 안다며 정말로 5살이 맞냐고 서로 놀랐던 기억이 있다.

날아가는 새를 보며 새의 이름을 말하고 암수를 정확히 구별하며 습성에 대해 조그만 입으로 재잘거리는 모습을 보며 이 아이는 커서 뭐가 될지 의아해하던 참이었다.

그랬던 아이에게 한국에서 온 '잭키'라는 진돗개는 친구 이상
으로 늘 아이와 함께했다. 침대에서 뒹굴며 같이 자는 것은 물
론이고 아이가 학교에서 오는 시간을 어찌 그리 잘 아는지 스
쿨버스 시간에 맞춰 두 손 모으고 꼬리를 흔들어가며 창에 기
대어 웃는 모습에 일하는 엄마로 퇴근 시간까지 든든한 도움을
받았다.

늘 두꺼운 쿠션에 앉아 도도한 모습으로 진돗개의 위용을 지
키던 녀석은 꼭 10년이 지나면서 치매라는 불치병에 걸렸다.
빈 벽을 바라보며 온종일 서 있는가 하면 같은 자리를 뱅글
뱅글 돌고 매일 산책하던 길을 잃어버려 헤매더니 급기야 혼자
어디론가 나가버리고 말았다. 일대 큰 사건이 일어난 것이다.
온 가족과 마을 사람들과 카운티에 비상이 걸렸다. 잭키
의 사진, 나이, 강아지 품종 등등이 동시다발로 'Dog missing
message'라는 문구로 SNS에 떴다.

여기저기서 비슷한 강아지만 보면 연락이 왔고 그때마다 확
인하러 가고 큰 실망으로 이틀이 흘렀지만, 우리 잭키는 찾을
수 없었다. 미국에 진돗개를 생각보다 많이 키우고 있다는 사실
만 확인했다.

우리 딸은 친구이자 동생인 가족을 잃어버린 슬픈 Senior(고등학교 3학년)로 공부는커녕 중요한 대학 에세이도 접어둔 채 잭키만을 그리며 핸드폰만 붙잡고 그 여름 저녁 천둥소리와 함께 온 집안 전체와 덱이며 집 밖 모두를 하얗게 밝히고 마냥 기다려야 했다.

결국, 수소문 끝에 개가 개를 찾는다는 'Rescue Dog'가 도움이 될 거라는 말을 듣고 급한 나머지 비용이나 절차 등 아무것도 알아보지 않은 채 미팅을 했다.

키가 땅딸막하고 똑 부러지는 인상의 미국 아줌마와 날렵하게 마르고 예사롭지 않은 눈빛이 주인을 꼭 닮은 'RESCUE DOG'라는 빨간 사인을 등에 입은 진한 갈색과 검은색이 기이하게 섞인 셰퍼드 종이 비장하게 우리 집에 도착해 차에서 내렸다. 내리자마자 검은 개 주인이 우리에게,

"잭키가 평소에 쓰던 물건을 큰 비닐에 담고 공기가 새어 나오지 않게 묶어서 가지고 나와요" 어떤 비밀 요원이 엄청난 일을 단호하게 지시하는 어조다.

"우리 잭키는 장난감은 가지고 놀지 않아서 하나도 없고 옷도 싫어서 입지 않은데 매일 자는 쿠션 침대도 괜찮을까요?"

"네, 무엇이든 항상 잭키가 사용했던 게 좋아요."

집 안에 들어가 덩치 큰 침대 쿠션을 큰 비닐에 넣고 끈으로 꽁꽁 묶으면서 대체 이걸 어디에 쓰려는 건지, 잘못 온 사람은 아닐지, 비닐장갑까지 끼고 물건을 비닐에 넣으라는 말에 내 손이나 침대가 더러우면 안 된다는 건지 별의별 생각이 다 들었다. 나뿐만이 아니라 아이들 눈도 휘둥그레졌지만, 마지막 끈이라도 잡는 심정으로 우리들 바람도 비닐에 꾹꾹 눌러 함께 가지고 나갔다.

기다렸다는 듯이 검은 개는 주인이 비닐백을 아주 조금 열어주자 정확히 세 번 킁킁 냄새를 맡더니 곧바로 앞을 향해 나아갔다. 그 뒤로 아이들이 급히 따랐다. 한걸음 뒤따라 가려는데 발걸음이 떼어지지 않았다. '어디를 간단 말인지? 이 넓은 곳을 걸어간다고.?'

참으로 기이하고 어이없는 신기한 긴 걸음이 시작됐다. 난 재빨리 차를 가지고 그 뒤를 조용히 따라나서는데 놀랍게도 잭키가 평소에 산책하던 길 사이사이로 가는 게 아닌가?

귀도 먹고 눈도 먹어 '헬렌 켈러'라는 슬픈 별명을 얻은 채 치매까지 온 늙은 모양새로 큰길로 갔다가 작은 길로 들어가고 큰 나무 밑에서 원을 그리듯 빙 돌다가 꽃밭으로 들어가고 위험천만인 큰 차 길로 나가고…

천천히 꽃구경하며 다니다가 그만 길을 잃었겠구나 하고 상상하며 잭키가 우리와 한 번도 산책한 길이 아닌 곳을 하염없이 돌고 돌았다. 한 1시간쯤 흘렀을까?

순간 검은 개가 개울가에 멈춰 섰다. 머뭇머뭇 개울을 건널 수가 없다는 생각이 들었는지 우리와 함께 갈 수 있게 크게 돌아 반대편 개울가로 가더니 물속을 향해 짖기 시작했다. 안 되겠다 싶은지 물속으로 성큼 들어가 큰소리로 컹컹 짖으며 헤엄쳤다.

우리는 함께 들어가지는 못하고 눈으로 같이 따라가는데 개울가 중심에 웅크리고 있는 회색빛 무언가가 보이는 게 아닌가? 잔뜩 겁에 질려 온몸이 진흙투성이에 뼈만 앙상하게 남아 바들바들 떨고 있는, 그렇게도 찾아 헤매던 잭키였다.

걷다 걷다 경사진 개울에 그만 빠져버려 허우적거렸지만, 들리지도 보이지도 않으니 짖다 지쳐 그대로 그 차가운 물 속에서 우리가 와주기만을 애타게 기다렸던 것이다.

잭키를 보자마자 아이가 들어가 자기보다 덩치 큰 물먹은 솜

덩어리를 감싸 안고 첨벙첨벙 나와 내 차에 올랐다. 그리 떨면서도 딸아이 품에서 그렁그렁한 안도의 눈빛을 보였다. 보이지도 않으면서.

함께 차를 타고서야 검은 개 주인과 통성명을 했다. 검은 개는 잭키와 동갑인 12살이고 태어나자마자 주인이 냄새로 잃어버린 개를 찾는 훈련을 시켰다고 한다. 지금까지 10여 건의 성과를 거두었다고 자랑스럽게 얘기하면서 200달러를 청구(생각보다 적은 액수였다)했다.

그는 한 가지 당부를 잊지 않았다. 한번 나간 개는 반드시 또 나갈 수 있으니 꼭 주의하라고 했다. 예감은 정확히 적중해 며칠 뒤 두 번째 탈출이 있었다.

순전히 내 실수였다. 짐을 차에서 꺼내 집안으로 옮기면서, 문을 닫지 않고 옮기다가 잭키가 슬며시 나간 줄 몰랐고 알았을 때, 이미 한참 늦어버린 뒤였다. 아뿔싸!

한번 해봤으니 곧바로 검은 개 주인에게 연락했고 즉시 찾을 것만 같았던 날이 하루 이틀 지나면서 불안이 엄습했다. 최대 2마일 안에 있을 것 같다는 말에 온 마을을 걸으며 잭키를 외쳤고, 매일 아침저녁으로 차로 멀리까지 운전하며 한 군데라도 놓칠세라 차가 들어갈 수 있는 모든 길을 헤매고 다녔다.

형광 포스터에 'LOST DOG JACKIE'라고 적고 잭키의 커다란 사진과 찾으면 제발 연락 달라는 간절함을 실어 행여 눈비에 젖을까 두꺼운 비닐을 씌우고 커다란 사인 판이나 건널목마다 손이 얼어붙도록 아이들과 포스터를 붙이고 또 붙였다.

일주일이 지나면서 이젠 포기해야 할 듯했다. 나 때문에 잭키를 잃어버렸다는 미안함에 이루 말할 수 없는 죄책감으로 하루하루를 보냈다. 그사이 우리 딸은 친구 집에 다녀와서 비디오를 슬쩍 내밀었다. 입양을 기다리며 친구가 잠시 보호하고 있는 한국에서 온 유기견 강아지가 화면 속에서 연신 뛰어다니며 놀고 있었다.

옳다 싶었다. 구세주 같은 강아지였다. 강아지 성별, 품종, 나이, 이런 건 하나도 중요하지 않았다. 우리 딸이 좋다는데 다른 뭐가 중요할까? 비밀리에 그 유기견을 입양하려는 절차를 진행했다. 까다로웠다. 그간 키웠던 기록들을 요구했고 집 내부와 외부의 잔디 모습까지 강아지의 최적화된 집을 고르는 듯했다.

이미 강아지를 키웠던 집이라 어렵지는 않았다. 의사 소견서도 제출하고 간단한 에세이도 보냈다. 대기하는 많은 사람과 경쟁이 붙었는데, 우리가 꼭 데리고 와야 한다는 사명감이 불타올랐다. 내 탓에 잭키를 잃어버렸으니 어떤 식으로라도 그 죄를 사면받아야 했다.

드디어 크리스마스이브에 아무도 예상치 못한 그 아이가 깜짝 선물로 등장했다. 그날 모든 식구가 처음 만났다. 의견은 분분했다. '못생겼다. 아니다 귀엽다. 이가 앞으로 나와서 어째. 아니야 이가 돌출되어서 더 귀여운데. 이가 나왔으니 구라 김이라고 해야겠네…'

이런 말들은 어쩐지 하나도 귀에 들어오지 않았다. 오로지 우리 딸 반응만을 봐야 했다. 제발 이 아이로 잭키의 슬픔을 이겨내야 하는데. 나를 미워해서 대학 가는데 지장이 되면 평생 괴로워할 것이다. 드디어 우리 딸이 내려왔다.

"00야, 친구가 왔네?"

"내려갈게요"

"크리스마스 선물도 같이 왔어. 빨리 내려와 봐"

"네, 임미…"

"엄마, 이 강아지 내가 친구 집에서 본 강아지인데?!"

"잭키가 너한테 친구를 보내 줬나 봐"

"진짜 내 거야?"

"응. 00야. 엄마가 미안해. 잭키가 엄마 용서해 주라고 보내 줬나 봐"

그렇게 목숨 걸고 입양한 아이는 구라 김도 아니고 못난이도 아니고 귀요미도 아닌 당당히 '테디'라는 이름을 달고 얼떨떨해 하면서도 우리 딸 옆에 자리를 잡았다.

다행히 테디는 애교도 많고 몇 번 실수(?)하지 않고 원래 가족이었던 것처럼 금방 적응하는 영리한 강아지였다. 역시 한국 견은 똑똑했다.

일은 이틀 뒤에 벌어졌다. 낮이었다. 딸에게 떨리는 목소리로 전화가 왔다. 잭키랑 닮은 강아지를 보호하고 있으니 와 보라고. 여러 차례 전화를 받고 가서 실망한 적이 많아 아예 포기한 상태였다. 집을 나간 지 벌써 13일이 흐른 뒤이고 12월 끝자락이라 살을 에는 추운 날씨에 살아 있다면 거의 기적이었기에 처음엔 아닐 거로 생각했다. 그래도 가보지 않을 수는 없었다.

오래되었지만 단아한 싱글 하우스였고 집 모양처럼 자그마하고 단정한 주인이 기다렸다는 듯이 우리를 반기며 뒤뜰로 안내했다.

멀리 마당 끝, 잔디와 숲의 경계쯤에 거의 움직이지도 못하는 작아지고 뼈만 남아있는 우리 잭키가, 정말 우리 잭키가 죽은 듯 누워있었다. 불과 우리 집에서 몇 킬로미터 떨어져 있지 않은 곳이었다.

아무리 배가 고파도 절대 남이 주는 밥을 먹지 않았을 테고, 누구 집으로도, 누구를 그냥 따라가지도 않을 성품이란 건 알고 있었다. 누군가가 손을 내밀어도 주인이 아니면 고기 한 점, 물 한 모금 얻어먹을 줄 모르는 비루함이라고는 눈곱만큼도 없는 신사 중의 신사였지만, 이 순간만큼은 그런 충견이 미웠다.

'좀 너글너글하게 살지, 적당히 타협하며 살지, 왜 그리 지고 지순함 외에는 그 무엇도 없다는 듯 헤맸니, 이 바보야!'

그 즉시 우리는 부러질듯한 잭키를 병원으로 이송했고 의사는 혀를 내둘렀다. 이렇게 대단한 개는 처음이라며 진돗개라는 견종을 재차 물었고 13일 동안 영하의 날씨에 12살의 노견이 밥 한 끼 못 먹고 살아 있다는 게 기네스북감이라며 눈을 크게 뜨며 말했다. 나이도 많고 기력이 다해 오래 살지는 못할 거라고 했다.

우리는 그래도 마지막을 함께할 수 있다는 기대감으로 그저 황홀했다. 살았는지 죽었는지 자기 눈으로 보는 것과 아닌 건 하늘과 땅 차이이다. 천재지변이나 갑작스러운 사고로 생사를 모르는 가족은 평생의 한으로 남아 살아도 사는 게 아니란 걸 우리는 잘 안다. 당해 보지 않아도 알 수 있는 일이 바로 이런 일일 것이다. 그렇게 잭키가 다시 우리 품에 돌아왔다.

벽에 똥칠할 때까진 살지 말아야지 하며 말하듯, 매일 벽이며 탁자며 온방 온 벽에 자기 밥그릇에까지 똥칠하며 버틴 마지막 탈출 한 달 만에 입의 근육마저 마비돼 먹지 못하고 일어나지도 못하는 상태가 되고 나서 우리는 마지막 결정을 해야 할 때임을 직감했다. 가족 누구도 입에 올릴 수 없었고 특히 동물과 교감을 한다는 딸의 결정이 있기까지 그 며칠의 시간이 몇백년은 걸린 듯했다.

'잭키야, 미안하다. 더는 같이 있어 주지 못해서…'라고 마지막 인사를 건넸다.

동물병원으로 향하는 날, 앞마당 잔디에 서 있을 수 있게 네 발을 받쳐주니 잭키는 혼자 힘으로 용변을 했다. 진돗개의 충직하고 매너 있는 모습을 마지막까지 보여주려는 것 같았다.

병원 임종실에서 먼저 마취제를 맞고 축 처진 몸으로 우리에게 왔을 때 그 이쁜 눈으로 우리를 멍하니 응시하는데 그저 삶과 죽음이 스스로 한 선택이 아니라 인간의 결정으로 이뤄질 수밖에 없는 미안함과 죄스러움에 목이 메어 흐느낌만으로 임종을 대신했다.

동물과의 교감을 염려스러워했던 점쟁이나 그 말로 행여나 하는 내 어리석음이 한낱 기우였음을 보여주는 아픔이었다. 십 년을 함께한 아이는 나무상자에 굳게 갇힌 가루로 남아 창가 옆 햇살을 받으며 우리와 함께 추억 속으로 사라졌다. 이제는 테디의 장난에 잭키를 떠올리곤 한다.

그 뒤로 한 마리를 더 입양했다. Animal Shelter(동물보호소)에서 데려온 박서와 래트리버가 섞인 40파운드 정도의 조금 큰 검은색 강아지다. 보호소에서 온 티오는 'Emotional Support Dog'로 우리 딸 기숙사에서 산다.

'Service dog'는 장애인을 도와주는 한국의 안내견처럼 길을 안전하게 건너도록 해주는 등 몸이 불편한 사람 누구나 함께할 수 있는 강아지이고, 'Emotional Support Dog'는 사람과 친구가 되어 기숙사에서 살 수도 있고, 강의실에 데리고 같이 수업도 듣고, 심지어 비행기에도 주인과 함께 탈 수 있다. 정말 사람 같은 강아지다.

이런 강아지를 키우려면 의사 동의서가 있어야 하는데 우리 딸은 티오와 함께해야 마음이 안정된다는 동의를 의사로부터 받은 셈이다. 잭키의 죽음으로 몸과 마음이 쇠약해진 상태로 대

학을, 그것도 먼 타주로 가면서 의지할 것이 없어져 방패 수단
으로 내린 결정이었다.

　누구는 미국이 장애인의 천국이라고 말한다. 휠체어를 타는
단 한 명의 학생을 위해 복도를 넓히고 수도꼭지를 낮게 설치해
그 아이가 쉽게 물을 마실 수 있도록 바꾸는 모습을 직접 목격
했다.
　우수한 학생이 대학 생활에 친밀감을 느끼고 강도 높은 수
업을 소화할 수 있도록 한 사람 한 사람의 눈높이에 맞춰 대학
담당자, 교수, 담당 의사 그리고 부모 동의로 '강아지쯤이야 우
리 학교의 학생을 위한 거라면'이라는 적극적인 시정조치를 불
사한다.
　친구를 위해 강아지와 함께 살아야 하는 불편함을 그대로
받아들이며 기숙사에서 함께 동고동락하는 학생들, 한국으로
치면 난쟁이라는 장애가 있는 아이가 투표로 당당히 회장이 되
는 정말 장애인과 비장애인이 똑같이 함께 사는 곳이 미국임을
똑똑히 본다.

　방학이라며 집에 온 티오와 그래도 먼저 우리 집에 온 형이
라고 저보다 훨씬 덩치가 큰 동생을 보호한다고 데리고 다니는,

한국에서 온 똑똑한 테디가 창밖 다람쥐 친구를 눈 빠지게 바라보고 있다. 누가 형제 아니랄까 봐 소파 등받이에 똑같이 턱을 걸치고 있다.

고즈넉한 저녁, 이가 돌출되어 한국에선 입양되지도 못하고 이 먼 타국까지 와준 고마운 테디와 딸아이를 조용히 옆에서 지켜주는 친구 티오가 10년 이상 우리 가족과 함께 건강히 있어 주기만을 간절히 기도한다.

5월의 Baby Shower

무료로 영어 공부를 해 준다는 말에 솔깃해서 따라간 곳이 미국 교회였다. 미국에 오자마자 한 달 정도 되었을 때니까 뭘 알아야 물어보기라도 할 텐데, 제일 처음 나에게 손 내민 어떤 분에 이끌려 묻지도 따지지도 않고 따라가게 되었다.

그분 차를 타고 옆에는 두 살배기 딸을 끼고 그렇게 30분 정도를 갔던 것 같다. 우리 동네와는 영 딴판인 약간 허름하고 아주 오래된 좁은 길로 들어서자 약간 겁이 났다. 무슨 교회인지, 어디에 있는 건지, 무얼 가르쳐 주는지라도 물어보고 따라올걸.

선하디선하게 생긴 천상 교회만 다니는 착한 분으로 보였기
에 무작정 따라나섰으니 돌이킬 수도 없는 일. 딸이 있는데 뭐
가 무서울까? 이상하게 아이를 낳고부터는 무서운 게 없어졌다.
아줌마의 힘인가 싶은 게 내가 무서우면 아이들은 누가 지키겠
냐는 용기도 생기고, 애도 생짜로 낳았는데 이까짓게 아이 낳는
거보다 아플까 보냐는 생각도 들었다. 타국에서 극한 상황을 겪
은 후에 오는 경지 같은 걸까?

주변의 음산한 풍경과는 다르게 하얀 성에 뾰족한 종탑이
있는 아담한 곳으로 주차를 해서 다행이다 싶었다.

먼저 자리 잡은 분들이 꽤 있었다. 먼저 레벨 테스트를 했다.
간단한 문장 쓰기와 회화 테스트를 하고 'Intermediate 1'이라
고 하더니 나와 딸을 아이들 놀이방으로 안내했다.

고등학생 정도의 여학생이 아이들에게 책을 읽어주고 있었
다. 3, 4살 정도의 아이들이 두어 명 놀고 있었다. 우리 딸은 2
살이니 가장 어린아이 같은데 금방 해죽거리며 언니한테 갔다.
일단 안심하며 맡겨놓고 교실로 향했다.

나보다 꽤 나이가 많아 보이는 한국, 중국, 인도 사람들 대여
섯 명이 서로 어설픈 영어로 인사를 주고받았다. 보아하니 나처

럼 처음 미국에 와서 무료로 영어를 배워볼 심산으로 온 듯했고 약간의 긴장감이 맴돌았다.

선생님은 웃으며 Jarnet(쟈넷)이라고 자신을 소개하고 이곳에서 10년 정도 봉사하고 있다고 했다. 커트 머리에 마르고 약간 깐깐하게 생긴 전형적인 미국 여자였다. 어시스트는 크리스티나라고 내 또래로 보이는 여자인데 막 백일이나 지난 듯한 갓난아이를 안고 있었다.

무료라고 해서 얕봤는데, 전혀 그렇지 않았다. 이미 횟수로 십여 년이 넘어서 어느 정도 인지도가 있고, 미국에 도착하면 웬만한 영어 미숙자들에게는 필수코스처럼 밟아가는, 'Grace church'라는 교회에서 운영하는 규모가 꽤 큰 클래스였다.

Beginning(초급반), Intermediate 1, 2(중급반 1, 2), Advance(고급) 이렇게 4반으로 나뉘는데 초급은 기본적인 인사나 기본회화를, 중급 1은 한국의 중학교 회화 정도, 중급 2는 미국 사람과 기본회화는 할 수 있는 정도, 고급반은 깊이 있는 대화 수준은 되어야 갈 수 있는 반이라 한다.

어쨌든 난 영어라고 하면 글에서나 보는 글씨체 같다고 생각하는 무식쟁이인 데다가, 그들도 말만 영어로 하고 꿈이나 혼잣

말을 할 때는 한국말로 할 거라는 착각도 했었다.

그렇게 일주일에 두 번 3시간씩 오전에 큰아이 학교를 보내자마자 둘째를 데리고 가서 공부하고 그곳에서 무료로 제공하는 간식을 먹고 집에 오기를 반복했다.

쟈넷은 전직이 고등학교 수학 선생님이었다고 했다. 두 딸을 두었고 우리 딸을 반갑게 맞이해준 그 학생이 쟈넷의 두 딸 중한 명이었다. 쟈넷은 홈스쿨로 아이를 가르치다 보니 엄마와 딸의 일과가 같아 엄마가 어른들을 가르치는 동안 딸은 엄마 학생들의 아이를 돌보는 일이 홈스쿨 수업의 일부가 됐다.

처음 그 집에 초대되어 갔을 때 그녀의 깐깐한 모습만큼이나 집안이 단아하고 깔끔한데 무척 검소한 삶을 살고 있었다. 앤틱 가구에 광팬이었던 당시의 내가 좋아할 만한 무엇인가가 한 개도 없는 아주 오래된 낡고 보잘것없는 물건들로만 채워져 있어서 살림이 넉넉해 보이지 않았고 오히려 내가 도와주고 싶을 정도로 검소했다.

쟈넷 집과 그리 멀리 떨어져 있지 않은 지붕이 뾰족한 작은 성냥갑 같은 집에 사는 크리스티나가 우리 가족을 초대했다. 남편은 목사이고 아이가 5명이나 있는 대가족이다.

제일 큰아이가 우리 큰딸과 같은 7살인데 난 두 명을, 크리스티나는 5명을 더군다나 고만고만한 나이 때를 동시에 키우는 엄마이니 얼마나 힘에 부칠까? 더욱이 갓난아이를 데리고 봉사를 한다니 정말 대단한 정신력이다. 그런 집에 초대되었으니 오히려 짐이 된 기분이었다.

먼저 남편이 혼자 모든 식사 준비를 했다. 엄마는 아기를 돌보기만 하고 남편이 고기를 굽고 빵과 샐러드를 만들었다.

큰아이와 작은아이는 조용히 아빠를 도왔다. 막내 갓난아이만 제외하고 모두가 그 조그만 손으로 각자의 식탁을 차렸다. 일사불란하게 큰 접시, 작은 접시, 포크, 컵, 냅킨 등이 자리를 잡았다. 그런 다음 아주 조용히 기도문을 외우고 식사를 시작했다. 정말 아무 일도 없었다.

이런 게 미국의 식사 예절인가? 우리네 같으면 8살부터 아기까지 아이만 7명에 어른 4명이 모였으면 시끌벅적하다 못해 우는 소리, 더 달라, 떨어뜨리지 말고 먹어라, 물 줘라, 이것 먹어라, 어째라 저째라 하는 소리가 난무해서 밥을 입으로 먹는지 코로 먹는지 몰랐을 텐데 이곳은 참으로 낯선 풍경이었다. 마치 티브이에서 미국 가정의 조용한 일상생활을 보는 느낌이었다.

화장실에 갔다. 그야말로 난장판이었다. 고만고만한 어린애 5명을 키우며 교회 일도 해야 하니 빈틈이 생길 수밖에.

참을 수가 없었다. 그냥 눈을 딱 감으면 되는데, 손을 대고 말았다. 수건부터 그냥 살살 접다 보니 싱크대며 거울이며 변기까지 청소를 한 것이다.

그 광경을 봐버린 크리스티나는 몸 둘 바를 몰랐다. 나 또한 마찬가지였다. 얼굴까지 빨개진 모습으로 손사래 쳤지만 하던 일을 멈출 수는 없었다. 밥값은 하고 온 듯 뿌듯했다. 그 뒤로도 그 집에 갈 때마다 내 손이 닿는 어딘가는 깨끗해졌다.

몇 달 뒤 Mom's Group이 처음으로 만들어졌다. 매주 월요일과 수요일 오전에 있는 일반 영어 수업과 병행할 수 있게 매주 수요일 저녁 6시부터 8시까지 엄마라면 누구나 무료로 참여할 수 있는 소규모 그룹이었다. 일반 수업과는 달랐다. 책을 미리 읽고 나름대로 이해하고 질문거리를 메모한 뒤 만나서 토론하는 방식으로 온통 엄마를 위한 내용이었다.

주중에 그것도 저녁 시간이어서인지 한 권을 떼는데 1년이 꼬박 걸리고 같은 책이 네 번 돌아갔으니 4년을 한 셈이다. 4년 동안 한두 명만 왔다 갔다 할 뿐 나만 열심히 참석했다. 두 아이를 항상 옆에 끼고서.

　교회도 저녁 시간이라 닫혀서 선생님 집과 우리 집을 오가며
모였는데 배우는 엄마가 한 명이든 두 명이든 항상 선생님은 쟈
넷과 크리스티나였다. 아이가 아프거나 정말 큰일이 있어 못 오
는 날이면 또 다른 봉사자가 왔고 내 기억으로는 단 한 번도 그
몇 해 동안 쟈넷이 참석하지 않은 날이 없었다. 내가 본 사람 중
최고로 책임감을 몸소 실천하는 사람이었다.

　난 정말 맘스 그룹을 좋아했다. 선생님은 물론 공부하는 책
이 맘에 들었다. 책 제목은《The Mom you're Meant to be(당
신은 의미 있는 엄마이다)》. 엄마들이 살면서 부딪히는 생활 이야
기를 나처럼 평범한 엄마가 엮어서 만든 책인데, 미국 생활을
잘 말해줘 내게는 보물 같은 데다가 실생활에 필요한 단어들도
많았다.

　예를 들어, 국자 같은 건 부엌에서 많이 쓰는 단어지만 정작
일반적으로 배우는 단어는 아니었다. 또 미국 부모들은 아이를
양육하는 태도가 우리와는 다른 점이 많았다. 선생님들 또한
엄마들이었기에 물어보거나 대답할 말이 참으로 많았다.

　머리가 나쁜 건지 언어 면에서 탁월하게 돌아가지 않는 뇌를

가졌는지 그만큼 했으면 남들은 생활전선에도 뛰어들 만큼은 됐을 텐데 영어책 한 권을 4번씩이나 공부했는데도 거의 개인 수업으로 그것도 낱말 공부와 더불어 프리 토킹으로 반복했는데도 늘 제자리였다.

선생님한테도 미안할 따름이었다. 지금 생각해보면 지금까지 여기서 산 세월 중 그나마 그때가 영어를 제일 잘했지 싶다. 정말로 좋아하는 책이어서 책을 달달 외우다시피 하고서도 성에 차지 않아 필기체로 그 한 권을 몽땅 공책에 쓰기도 했다. 그러면 좀 나아질까 했지만 그런 노력도 꽝! 도대체 영어의 왕도는 내겐 사치인 걸까?

3년 정도 흐른 어느 날 갑자기 스케줄이 바뀌었다. 원래 우리 집에서 하기로 되어있었는데 쟈넷 집으로 오라고 했다. 난 이미 만삭이었으므로 둘째 아이 간식이며 선생님 간식이며 만약을 대비한 옷가지를 가지고 서둘러 쟈넷 집으로 향했다.

여느 때처럼 평화로운, 막 봄이 오는 소리가 들리듯 새소리노 요란한 밝은 날이라 그렇지 않아도 꿈속을 거닐고 있을 우리 아들(?)의 탄생을 상상하며 빙그레 웃으며 집 앞으로 가는데 조금 이상했다.

쟈넷 집 앞길에 차들이 줄지어 세워져 있었다. 낯선 것은 맘스 그룹은 나를 포함해서 많아야 서너 명 정도인데 차가 이렇게 나 많을 리 없다. 무슨 일이 있나? 여느 때처럼 조심스럽게 현관 문을 열고 들어갔다.

갑자기 어디서 그렇게 많은 사람이 숨었다 나오는 건지 정말 많은 여자가 모여 나왔다. 그러고는 나를 향해 손뼉을 치며 환호했다. 이게 무슨 상황인가? 처음엔 그저 어리둥절했다. 깜짝 이벤트를 별로 좋아하지 않는다는 믿음은 착각이었다.

당황스럽고 쑥스러운데 좋았다. 순간 플래카드를 보니 'Happy Happy Baby Son'이라는 빨갛고 파란 귀엽디귀여운 글씨로 여기저기 풍선까지 달고 나를 반기고 있었다. 아뿔싸 이게 뭐지? 난 아직 아기를 안 낳았는데?

그 시절엔 그리도 낯설었던 'Baby Shower'였다. 나를 축하해 주기 위해 마련한 파티다. 아기를 낳기 전, 출산하면 여자라는 존재는 일시적으로 사라지고 아기 엄마로만 존재하므로 여자일 때 미리 친척이나 친구들이 모여 축하도 해주고 선물로 아기가 필요한 물건들을 사주는 이벤트다. 그때까지 한 번도 들어보지도, 본 적도 없었으니 얼마나 놀랐겠는가? 더군다나 깜짝 파티였으니. 그럴 줄 알았으면 이쁜 원피스라도 입었을 텐데!

박수 세례를 받고 베이비 샤워인 만큼 귀엽고 사랑스러운 것들로 가득했다. 음식뿐 아니라 냅킨도 남아 캐릭터 그림이 있고 종이컵도 파랑, 심지어 컵케이크를 싼 주름 종이까지 파랑으로 모든 게 내가 좋아하는 아들 색 '파랑'으로 도배됐다.

식사하고 파란 케이크를 자르는데 그만 눈물을 흘리고 말았다. 'We love Jina & baby Boy' 내가 이런 축하를 그들에게 받을만한 자격이 있나?

그들에게 지금껏 무료로 봉사만 받아 왔는데, 이렇게 받기만 한 이방인 여자에게 왜 이런 마음까지 베푸는 걸까?

쟈넷과 크리스티나도 눈시울이 촉촉해지고, 눈이 빨개지고 얼굴이 엉망인 채로 한 명 한 명의 카드와 선물을 열었다. 나를 한 번이라도 스쳐 간 많은 미국 봉사자들이 포장한 선물들과 카드를 열어 볼 때마다 20여 명의 여자는 서로 저건 자기 거라고, 정말 이쁜 걸 골랐다며, 호호 깔깔대며 사진도 찍고 손뼉을 쳤다.

그들은 환호하며 베풂의 힐링을 나누는듯했다. 선한 행동으로 보여주기가 아니라 서로 도와가며 만족해하는 사람들 모습에 경의를 표하고 싶었다.

이런 모든 일은 돈이 있다고 또 건강이 허락된다고 할 수 있는 일이 결코 아니다. 단 하루도 빠지지 않고 봉사할 수 있다는 건강한 신념과 신앙이 없다면 감히 할 수 없는 일이다. 아담하지만 낡고 초라해 보였던 시골 종탑의 교회는 내게 이방인으로서 살아낼 작지만 큰 힘을 실어주었다.

희망의 꽃이 된 빈센트

어느 날부터인가 우리 큰아이가 '빈센트'라는 남자아이 이야기를 많이 했다. 슬쩍 좋아하는 남자인가 물어보면 고개를 절레절레하고 그러면서도 틈만 나면 또 빈센트 이야기를 꺼냈다.

궁금하던 차였는데 프로젝트를 같이 하기로 했다며 빈센트 집에 데려다줄 수 있냐고 물었다. 이게 웬 떡이냐 싶었다. 이름도 멋지고, 그때 큰아이가 6학년, 여기에선 중학교 1학년, 이제 막 초등학교를 졸업하고 중학생이 되어 사춘기에 접어드는 딸이나, 첫 사춘기를 대하는 딸을 둔 엄마나 그 어느 때보다도 남자 친구에 예민한 때였다.

한적한 동네였다. 자그마한 집들이 띄엄띄엄 잔디들 사이로 단정하게 놓여 있고 오래됐지만 나름대로 깔끔하게 정리된 우리 동네 같은 분위기여서 푸근했다.

이곳은 한국과 정확히 같은 선상(위도 38.5도)에 있어서인지 4계절이 일치할 뿐만 아니라 그날그날 날씨마저 비슷하다. 개나리 피는 4월에는 한국처럼 노랗고 작은 개나리가 첫봄을 알리고, 단풍 드는 10월엔 여기에도 나뭇잎들이 울긋불긋 서글퍼진다. 나무들도 자그마하니 한국의 보랏빛 열매들처럼 여기저기 피기 시작했나 보다. 고향의 향기에 취할 때쯤 아나나 다를까 저 멀리 자그마한 정원에 호박 넝쿨이 눈에 보였다.

빈센트 집이었다. 초인종을 누르니 삽살개와 비슷하게 생긴 누런 강아지가 손님을 먼저 반기고 드디어 주인이 문을 여는데 먼저 내 눈에 들어온 건 엄마였다. 어? 나랑 같은 얼굴을 한 한국 여자였다.

약간 곱슬한 머리를 하고 하얗고 살짝 주근깨가 있는 단아한 얼굴을 하고 인사를 했다. "안녕하세요?" 생각지도 못한 동양인을 만나니 다른 건 둘째치고 매우 반가웠다. 그리고 엄마 옆에 작은 꼬마가 나와 내 딸에게 반갑게 인사를 했다.

한데 작아도 너무 작다. 우리네로 말하면 난쟁이인데 키가 1 미터쯤 되고 얼굴은 이름에 걸맞게 인종이 섞여서인지 동양적인 까무잡잡한 피부에 눈코입은 서양 쪽이어서 잘생기기도 했지만 매력적이었다.

집 안으로 들어갔다. 거실 중앙에 떡 하니 자리 잡은 까만 자개장이 시선을 압도했다. 커다란 난이 쳐진 액자며, 8폭짜리 병풍이며, 하다못해 오래된 기다랗고 가는 곰방대까지 한옥에서나 볼 고풍스럽고 멋스러운 장식들이 전시되어 있었다.

알고 보니 그녀는 이민 2세대로 어릴 때 엄마 손을 잡고 온 그 시절의 향수를 고스란히 간직하고 사는 진정한 한국인이었고 남편은 잘생긴 미국인이었다. 부지런하고 영특한 한국 여자와 매너 좋고 조용한 미국 남자가 만나 아들, 딸 낳아 그림같이 사는 가족이었다.

그런데 난 어쩔 수 없이 조그만 남자아이, 웃는 모습이 매력적인 빈센트에게 시선이 갈 수밖에 없었다. 극히 정상적인 부모에게서 그렇게 작은 아이가 태어났다는 게 안타까웠다.

동생 제니퍼는 오빠 빈센트보다 나이는 어린데 여느 아이들처럼 정상적인 사랑스러운 아이여서 딴에는 다행스럽게 생각되었다.

빈센트는 바이올린도 잘해서 우리 아이와 같은 학교 오케스트라 멤버였고, 수영도 수준급으로 잘하고 공부도 잘하는 학교에서 리더십 좋은 타의 모범이 되는 뛰어난 아이였다.

그날 이후에도 빈센트 이름이 오르락내리락하더니 둘이서 러닝메이트로 회장 선거에 출마한다고 선언했다.

한국과 달리 미국은 대통령 선거도 부통령을 미리 선임한다. 어린 학생들도 마찬가지로 회장과 부회장이 합세해서 선거를 치른다. 빈센트가 회장, 우리 아이가 부회장으로 출마했다.

6, 7, 8학년이 중학생이므로 우리 아이들은 가장 어려서 언니 오빠들이 잘 봐 줄 리 없는데 빈센트의 인기가 워낙 좋아 승산이 있다고 친구들이 부추겼나 보다.

이제 막 중학생이 되었고 우리 아이는 동양 아이인 데다가 빈센트는 미국과 한국이 섞인 더군다나 그들과 비교해서 키가 반밖에 안 되는 아이인데 과연 표를 얻을 수 있을까?

한 달 정도 유세 기간이 시작되고 나와 빈센트 엄마는 틈나는 대로 집에서 포스터를 만들고 간식거리를 날랐다. 아이들을 도와주는 선거단이 꽤 모였다. 10여 명의 아이는 서로 머리

를 맞대고 학교발전에 뭐가 좋을지 토론하고 공약을 만들어나
갔다.

아이들이라고 우습게 보았다간 큰코다치겠다 싶은 게, 아침
스쿨버스 시간 조정에서부터 점심시간의 능동적인 시간 체크
며, 학교 아침방송에까지 하나하나 따지며 고치고 싶은 요구사
항들을 생각해내고 포스터에 삐뚤빼뚤 써 내려갔다.

선거 일주일 전에는 가장 먼저 학교에 도착해서 Vin과 Min
을 조합해 만든 'VinMin'을 빨간 티에 매직으로 써서 입고 다
른 4팀의 선거유세에 질세라 목청껏 'VinMin! VinMin!'을 외
쳤다.

드디어 선거일이 되었다. 직접 가볼 수도 없고 그때는 아이들
각자에게 핸드폰도 없었을 때라, 그냥 집에 앉아 기다려야만 해
서 마음만 조마조마했다. 빈센트 엄마도, 나도 둘 다 제일 큰아
이들이라 얼마나 흥미로운지 아이들보다 우리가 더 재미있어하
고 가슴 졸였다.

궁금하던 차에 학교에서 먼저 연락이 왔다. 우리 아이들이
이겼다고! 만세!

미국에 와서 제일 먼저 가슴 뿌듯하게 기뻤던 일이 뭐냐 묻
는다면 바로 이날이다. 공부를 잘해서 1등 한 것도 바이올린

대회에 나가서 수상한 것도 아닌 정정당당히 전교 부회장이 된 날이다.

미국에 입성한 지 5년 만의 일이었다. 물론 빈센트의 리더십이 가장 크게 작용했고, 학교에서는 가장 어린 학년 아이들이었지만 선거인단의 조직력이 튼튼했던 데다가 뭐니 뭐니 해도 우리 아이가 빈센트와 친구들 사이의 원만한 관계 유지에 힘을 쓴 게 큰 몫을 했다.

아! 나와 빈센트 엄마가 줄기찬 라이드와 간식거리를 사 나르고 멋진 포스터 만드는 일에 일등공신이었음을 빠트릴 수는 없다. 서둘러 축하파티를 열었다. 우리 집에 모여 애들이 무조건 좋아하는 피자와 콜라와 함께 브라보!

그렇게 행복한 중학교 생활이 시작되었다. 나도 덩달아 아이들과 함께 승리자가 된 것처럼 한국에도 승전고를 울렸다.

생각보다 하는 일은 많았다. 일주일에 한 번씩 학생회를 주관하고, 농구대회를 열어 친목을 도모하는 기획도 하고, 부모들에게도 버리는 물건을 모아두게 해서 서로 필요한 사람과 교환하는 일도 하고, 안 입는 옷들과 깡통 캔을 지원받아 선생님과 연계해 정말 아프리카에 보내기까지 기억나는 일만도 여러 개가 있을 정도로 많은 학생회 일을 했다.

하지만 7, 8학년의 질투로 속상한 일도 많이 겪고 한마디로 빈센트와 우리 아이의 사춘기 시절의 질풍노도가 시작되었음을 알리며 무사히 한 학년을 마쳤다.

그다음 해부터는 오직 8학년만 회장에 출마할 수 있게 되고 부회장은 6, 7학년이 러닝메이트로 해도 상관없다는 방침이 만들어진 건 그만큼 학생들 사이에서 갈등이 심했다는 방증이었다.

그러던 어느 날. 거의 실신 상태로 아이가 돌아왔다. 오자마자 티브이를 켰다. 기다란 외길에 헬리콥터가 떠 있고 커다란 트럭과 자동차가 부딪친 사고 현장 장면이 실시간으로 중계되고 있었다.

이런 광경이 처음이라 티브이와 아이를 번갈아 가며 보는데 트럭에 거의 밟혀버린 자동차에 다름 아닌 빈센트 가족이 타고 있었을 줄이야. 뉴스는 계속 생중계됐다.

엄마가 운전을 했고 빈센트는 앞 좌석에 제니퍼는 뒷좌석에 앉았는데, 반대편에서 트레일러를 줄줄이 달고 다니는 커다란 화물트럭과 정면충돌한 것이다. 빈센트네 차가 트럭 밑으로 들어가 버리면서 빈센트는 그대로 튕겨 나가 그 자리에서 숨을 거두고 엄마는 의식불명이 되어 헬리콥터로 후송되고 뒤에 타고 있던 딸만 무사하다고 했다.

헬리콥터에서 촬영한 모습은 마치 엿가락처럼 휜 탈선 기차와 같았다. 참담한 장면들이 채워지고 있었다.

빈센트… 지금 이 글을 쓰면서도 가슴이 아린다. 미안하게도 그냥 정상적인 아이였다면 그렇게도 많은 친구와 어른들이 가슴 저미는 아픔은 아니었을까 싶다.

너무도 작은 아이가 그렇게나 당당한 웃음으로 마치 정상적인 사람들에게 "저는 작지만, 이렇게 행복해요. 당신들은 저보다 얼마나 행복한가요? 슬픔이 있을 때 저를 보세요. 저는 행복하답니다"라고 말하는 듯했다. 내 마음이 이런데 빈센트 엄마는 마지막 눈을 어떤 마음으로 감았을까? 빈센트를 먼저 하늘로 보내고 한 일주일 정도 혼수상태로 있었을 때 마음속으로 이렇게 기도했다.

"빈센트와 함께 떠나세요. 빈센트가 혼자 가기에는 너무나 외롭고 불쌍하잖아요. 그리고 당신 또한 자기 때문이었다는 죄책감으로 살기 힘들 거예요. 딸은 그래도 아빠가 있잖아요. 빈센트의 죽음으로 얼마나 마음이 아팠어요. 그동안 힘들었으니 이제 하늘나라에서 빈센트와 편안하고 행복한 날들 보내세요.
수고했어요"

　말할 것도 없이 우리 아이와 친구들은 매일 울음바다였고
어른들은 그야말로 속수무책이었다. 장례식장에서 친구의 낭
독은 그렇게도 찬란하게 살다가 떠난 샛별을 기리는 슬픔으로
빈센트의 처절하게 하얀 얼굴에 방울방울 떨어졌다.
　빈센트 얼굴을 새긴 동그란 배지를 만들어 한동안 가슴에
꽂고 다녔다. 졸업앨범에도 빈센트의 밝은 모습이 남겨져 있
다. 그 뒤 몇 해는 기일마다 꽃다발을 들고 무덤에 가 애도했
다. 딸과 함께 열심히 살고 있다는 아빠의 모습도 종종 우리
둘째 딸과 같은 학교이다 보니 듣게 되고 그렇게 한 해 한 해
잊혀 갔다.
　빈센트의 배지가 아직도 아이 방 커튼 모서리에 꽂혀 있다.
언뜻 밝게 웃는 모습에 슬픈 미소가 비친다. 나보다도 더 가슴
뿌듯하게 회장으로 뽑힌 것에 자랑스러워했을 빈센트의 엄마가
조그만 나라 한국 사람임을 잊지 않고 지금까지도 언급되는 걸
우리는 안다.
　장애아로 태어나 빈센트처럼 찬란한 이름을 남긴, 그렇게 짧
은 생애를 마친 아이를 이제껏 보지도 듣지도 못했다. 만약 미

국이 아닌 나라에서 태어났다면 어땠을까?

우리는 모두 잠재적인 장애인이다. 나를 비롯해 가족, 친구가
장애인이 될 수 있다. 그런 장애인과 비장애인이 함께 똑같은
대우받고 살 수 있는 이 나라에 감사한다.

침 한 번으로 고릴라 적 모습을 안다

"꼭 DNA 검사를 해야겠니? 너 내 딸 맞고 아빠 딸 맞거든?"

그러니까 둘째 딸이 10학년, 한국으로 치면 고1 때 자기 생일 선물로 DNA 키트를 사달라고 조르기 시작했다. 사춘기도 지나갈 무렵이고 언니가 자기 낳는 걸 봤다고 증명하고 아빠가 탄생을 기록해 둔 비디오에 찍힌 못난이 신생아 얼굴을 들이밀어도 자기의 DNA 검사로 조상 흔적, 다시 말해 제 뿌리가 어디서 왔고 어디로 흘러갔는지, 또 자기가 누구인지 정확히 알고 싶다는 강한 의지로 강제성 띤 선물을 요구했다.

3명의 아이를 낳았지만 유독 중간에 낀 아이가 얼굴이나 성격, 신체 발육 등 친정집이나 시댁 식구들 분위기와는 영 다른 따로국밥이라 은근히 걱정되긴 했다.

무슨 죄를 지은 것도 아닌데 아이에게 무슨 일만 생기면 그게 뭐든 굳이 엄마의 잘못으로 찾는다던가 아기가 남을 꼬집으면 임신 때 꽃게를 먹어서 그렇다든지 아기 얼굴이 까마면 엄마가 커피를 많이 먹어서 그렇다는 등. 임신 중에 뭔가 잘못한 것 같은 마음이 들곤 했다.

이번 일도 같은 부류다. 혹시 나도 모르게? 다르다는 데 상상력까지 판치는 마당에 하필 제 뿌리를 찾는다니 남편도 덩달아 같이 검사해본다고 하고 정말 난감한 상황이 되었다. 반대할 이유도 없고 그렇다고 비싼 돈이 들어가는 것도 아니었다.

일반검사는 개인당 99달러(약 11만 원)이고 염색체 검사와 함께 유전병을 알 수 있다는 건 199달러로 업그레이드한 버전이 있지만 100% 믿을만한 건 아닌듯해 99달러짜리 일반검사로 일단 허락하고 키트 두 개를 주문했다.

며칠 뒤 배달된 키트를 보니 주사기 모양에 피스톤 안에는 물 같은 액체가 있고 그 액체 안에 침을 조금 뱉어 넣고 뚜껑을 달아 밀봉하고 보내온 기관에 되돌려보내면 일주일 후에 결과를 이메일로 받아보는 절차였다. 생각보다 간단한 검사는 결괏값이 어마어마해서 값어치는 제대로 한다고 했다.

일단, 몇천 년 전 그러니까 인간이라고 명명하기도 전인 고릴라 적부터 추적하는 일이라 이게 사실인지조차 긴가민가한 실험이었다. 몇 대를 지나고 16~17세기를 걸쳐 할머니는 순수 한국분인데 할아버지는 일본인과 피가 섞였다고 나왔다. 결국, 남편은 일본, 한국인 피가 섞여 있고, 엄마인 나는 한국인 피가 다량인지만 그래도 중국, 일본, 몽골, 인디언 피도 2%씩은 섞였다는 결과가 몇십 쪽에 걸쳐 나왔다.

아이를 검사하니 아이 뿌리로 엄마 아빠의 윗대가 몽땅 나오고 남편을 검사하니 남편의 뿌리뿐만 아니라 아이와 남편의 관계가 나오니 굳이 나나 다른 아이들이 할 필요는 없었다.
생각지 못한 결론이 나왔다. 아시안 땅이 분리되지 않았던 때부터 따지니 모두가 한 땅덩어리였고, 아시안이 중국과 한국 등으로 나뉘면서 혈통도 분리가 되었으니 한반도가 단일민족이란 말은 맞지 않는다.

다행인지 불행인지 남편이 딸의 아빠로 100%임이 틀림없지만 아이는 아빠의 피가 일본과 섞였음을 알고 그때부터 아빠의 조상에 대해 한 마디씩 핀잔을 주기 시작했다.

"아빠는 일본 차를 제일 싫어하시는데 어떡해? 아빠가 일본 사람인데?"라든가, "어? 아빠 얼굴이 정말 일본 사람처럼 생겼다"라든가. 희한하게도 전에 몰랐던 사실이 입증돼 사실화되니 정말 그런 것 같다는 착각을 일으키게 했다.

아이들도 아빠 피로 일본인 피가 다량 섞였음은 두말할 필요도 없고, 내 혈통은 의외로(친정 식구의 쌍꺼풀로 인도 피가 있지 않을까 생각했다) 한국산에 가까워 친정 식구의 쌍꺼풀이 순수 한국산임을 증명했다.

지금이야 돈 십만 원이면 간단하게 DNA 검사로 친자를 알아볼 수 있지만, 시인이자 수필가인 김동인이 쓴 《발가락이 닮았다》를 보면 M은 생리학적으로 자기 아들이 아닌데도 어쩔 수 없이 인정해야 하는 비애를 안고 살아간다.

삶의 고통은 닮아지는 과정으로 숭고하게 승화한다. 그 발가락처럼 사람이나 생명체라 불리는 모든 것은 처음과 다음의 모습이 닮고 닮아지는 것이리라.

숨 쉴 것 같지도 않은 식물 그것도 나뭇잎을 가만히 관찰해 보면 나뭇잎 크기나 모양에 따라 그리고 고유한 DNA 성질에 따라 그 뿌리인 나무와 서로 닮았음을 알 수 있다.

개나리는 나뭇잎보다 꽃이 먼저 피므로 나뭇잎은 세밀히 오랜 시간 관찰하지 않으면 나뭇잎이라 할 수 없을 정도로 작고 초라해 꽃의 아름다움을 돋보이기 위한 희생으로 그나마도 사라져 사람 눈에는 잘 보이지도 않는다. 이는 희생이 강한 나뭇잎뿐 아니라 꽃 피우기 이전 앙상한 개나리의 겨울 동안의 나무와도 똑같이 닮았다.

개나리꽃이 드러나기 전에는 있는 둥 없는 둥 작고 아담한 앙상하고 낮은 나무로 도대체 어디에 숨어 있는지 눈에 띄지 않다가 슬며시 봄기운이 돌면 잎도 나오기 전에 살며시 봉우리가 생겨 어느 꽃보다 가장 먼저 봄을 알리고 그제야 다른 꽃들이 활개 치고 나타나 아름다움을 뽐낼 즈음엔 언제 노란 꽃들이 있었나 싶게 쉬이 봄꽃들 뒤로 숨어버린다. 한철 흐드러지게 피우고 언제 그랬나 싶게 사라져 버리는 모습이 속절없이 타닥거리다 꺼져버리는 장작 불꽃을 닮았다.

벗꽃은 어떤가?

워싱턴의 벗꽃축제는 세계적으로 유명하다. 일본이 미국에 선물한 벗꽃 3,000그루가 '연필 탑' 주변을 수놓는데 해마다 피

워대는 방대한 나무들에서 이른 봄의 워싱턴은 핑크빛 도시로 물들어 버릴 정도로 아름답다.

각국에서 벚꽃을 보러 오는 덕에 관광 수입 또한 만만치 않다는 말을 들으면 은근 부아가 나기도 한다. 거기뿐만 아니라 워싱턴에서 1시간 떨어진 이곳에도 딱 한철 그것도 열흘 정도 하얗고 핑크빛 도는 벚꽃으로 세상천지에 흩날리는 하늘은 장관이 따로 없지만, 이는 한철 불장난 같은 간지러움이라 할 수 있다.

왜냐하면, 꽃이 너무 가벼워 개나리처럼 그 자리에만 가만히 내려앉지 않고 흩날려 떨어지니 바닥이 불장난 흔적처럼 골칫거리 핑크빛 하얀 꽃무덤으로 변해버린다. 설상가상으로 비나 눈이라도 올라치면 그렇게도 풍성하고 시샘 날 정도로 흐드러지게 피는 벚꽃이 다 떨어지고 꽃의 염색물이 빠져나와 거리가 붉은 피로 변해 순간 놀라움을 감출 수 없게 된다.

천연덕스럽게 까맣고 굵은 몸뚱어리만 자랑하며 떡하고 서 있으니 수줍음은커녕 있는 듯 없는듯한 개나리의 소박한 모습과는 무척이나 대조적이다. 그래서 또 나무와 나뭇잎이 닮았다.

부부가 닮으면 잘 산다고도 하고 큰딸이 아빠를 닮으면 모든 일이 잘된다고 하고 임신 때 미워하는 사람이 있으면 꼭 미워한 사람을 닮아 나온다는 말도 있어서 혼자 뜨끔한 적이 한두 번이 아니었다.

자식 아이큐는 엄마를 닮는다고 해 엄마 마음을 얼마나 예민하게 하는지 아무도 모를 일이며 잘하는 건 서로 자기 닮았다고 우기고 잘못하는 일에는 누굴 닮아서 저러는지 모른다며 부부간 서로를 탓하기도 한다. 꼭 너 같은 딸을 낳아 당해 보라는 악담도 들어보며 자랐다.

강아지의 모습도 주인을 닮는다. 소란스러운 가정에서 크는 반려견들은 활발해서 낯선 사람이 오면 온몸으로 반가움을 표현하기도 하고 집안에서 뛰어다니며 일을 내기도 한다. 반면에 조용한 가정의 반려견은 있는 둥 없는 둥 새초롬하게 조용히 앉아있는 모습이 꼭 주인을 닮았다는 말을 자주 듣게 된다.

우리 집 강아지들은 대체로 활발한 편이고 잘 삐치기도 해서 나와 남편을 닮아 견종도 믹스견이지만 성격도 혼합돼 딱 우리 집 강아지답다.

얼마 전에 아는 분이 시내아이를 입양해서 한국에서 데리고 왔는데 어찌나 아빠를 닮았는지 "어머, 아기가 아빠를 빼다 박았어요" 하는 말에 젊은 부부가 얼마나 좋아했는지 모른다. 내 속으로 낳지도 않고 피 한 방울 섞이지 않았는데 그 연이 부모

자식의 끈으로 엮이는 순간 혈연처럼 닮아있다니 얼마나 놀라운가?

강아지도 키우는 사람 모습을 닮아가는데 하물며 인간은 하나님이 하나님의 형상대로 만들었다고 하지 않나. 그 닮음이 가히 하늘에 닿아 하늘이 감동해 가족으로 닮아가는 모양이다.

난 어떤 DNA로 누굴 닮았을까? 누군가 부모님께 정말 고마워해야 한다고 했던 말이 떠오른다. 이렇게 예쁘고 키 크고 건강하게 낳아 주셨으니 옳다.

잊고 살았다. 우리가 아이를 낳을 때 태어난 아기를 보며 제일 먼저 확인하는 일이 있지 않은가? 손가락, 발가락 10개씩 잘 달려 나왔는지를 눈으로 확인한 다음 엄마를 닮았네 아빠를 닮았네 그도 아니면 할아버지를 닮았네 하며 초점도 못 맞추고 붕어처럼 눈만 뻐끔거리는 아기를 데리고 풀릴 수 없는 수수께끼를 풀려고 하지 않는가?

내 DNA를 부정하며 살았다.

내가 싫어했던 아빠의 죽을 때까지 용서할 수 없을 편협된 사랑도 내 DNA에 있으리라는 걸 부정하고, 남편의 사랑이 중요해 자식을 외면해버려 눈도, 입도, 그리고 귀도 먹어 오직 한 남자에게만 고정된 마음으로 누워만 계시는 그 모습이 징그럽게 싫어 그 엄마의 DNA 또한 내 안에 있음을 부정하고 싶었다.

그게 싫어 남편보다는 자식을 더 위함이 맞으리라 믿었고, 무엇이든 아이들이 정말 하고 싶어 하는 일을 하라고 가르쳤고 내가 자라며 싫었던 일들을 자식에게는 절대 하지 말아야지 하는 마음으로 살았다.

하지만, 내가 그토록 싫어했던 아빠의 집착과 편협된 사랑이 눈물 나도록 그리운 날이 있다. 아침마다 머리를 감겨주시고 당신 무릎에 앉혀 젖은 머리를 드라이기로 말려주시고 차 옆자리에 앉아서 한쪽 어깨를 내주시며 감은 내 눈으로 해가 들어올까 봐 손바닥으로 가려주시던 그 손. 그 따뜻했던 손이 그리울 때가 있다.

매일 새벽에 그토록 원하던 미술을 한다고 뛰어나가는 막내딸 뒤로 양배추와 당근을 너무 많이 갈아 줘서 하얀 손이 노랗게 물들어 버스 손잡이를 잡지 못할 정도로 창피해했던 엄마의 정성이 생각닐 때가 있다. 그럴 때면 말없이 내 딸의 손바닥을 통해 아빠의 손을 잡았다. 엄마에게 늦었으니 안 먹겠다 소리치며 아침마다 도망치던 내 모습에서 내 아이에게 먹으라 다그쳤다. 어서 먹고 가라고 했던 그 아침의 풍경이, 그때의 엄마 아빠가 사무치도록 그립다.

내가 부정하는 내 부모도, 나를 부정할지도 모를 내 아이들도 같은 DNA로 묶여있는 나의 뿌리이자 나무이다. 정말이지 개나리나 벚나무의 나뭇잎도 나무를 닮는데 하물며 인간인 내가 부모를 닮지 않고 내 아이가 나를 닮지 않겠는가?

그래, 오늘은 모든 DNA의 촉수를 세워 아빠의 DNA도 건드려 사랑을 깨워보고 아이들의 DNA도 살살 자극해 사랑한다는 말을 유도해봐야겠다. 안 되면 내가 하지 뭐!

사랑해요! 엄마, 아빠!

사랑해! 내 새끼들!